追巴黎的女人

目錄

語言牢房

冷抒情

非愛情

〈自序〉

誤讀

於是，我看到這些文字被包裝在自己不認識的封套裡，加上自己不認識的名。我好奇，不知道這樣的組合，會吸引怎樣的讀者？你是誰？妳又是誰？對望的，是一張張模糊的、未知的臉。而我，又是誰呢？尚待市場測試的商品？認不認識我無關要緊，「追巴黎的女人」——他們說：「這是個令人印象深刻的書名。」

爲此我們建立的第一道關係，將從誤讀開始。

爲什麼追巴黎呢？追，是個奇怪的字眼，在法文字典裡，接近的字找到「poursuivre」。首先是「追捕」suivre de près：僅僅跟隨逃脫的敵人或不願就範的人；再來指「追求」tenter d'obtenir：一般男追女、女追男的企圖；還有「追尋」rechercher à obtenir，像普魯斯特追憶眞實le réel，永難止息的欲求；最後找到「蠱惑」、「魅惑」hanter、obséder。以上，涵蓋了部分我和巴黎的關係。我們之間，是更曖昧模糊、無從定位的。從十五歲開始學習法文，就已經結下的瘋狂愛戀，經歷數十載，不曾稍減。但一直沒有正式的名份界定彼此的關聯。在最關鍵的時刻，我去了美國，隔著大西洋研讀法國，彷彿在熱戀的當下偏生生找來第三者橫生枝節！在美利堅的懷裡想念法蘭西，像是捨不得那愛情困囿在沖昏了頭的耽溺裡，就此看不見對方的主體，沒有距離地消耗掉滿滿的熱情。捨不得揮霍，注定永遠只能忍耐距離廝磨。但那距離維持了我的清明，在愛戀中得以照見彼此處境的荒涼。戀人的空間——我們長年的情誼與愛戀，更多時候，靠的是文字、知識、思想，任何可以逼近那荒涼的形式。我們之間，強烈而疏離。

在此最早的紀錄，可以追回一九八九年刊登在美洲版時報周刊的影評〈亨利與君兒〉（Henry and June），回國後經歷羅智成〈時代〉、許悔之〈自由〉和楊澤〈人間〉等副刊，十多年來的文字因生活的歷練與內在的變遷從此縈繞著書寫的愛欲，說來其實又只不過是我的讀書筆記，接漏我學術論文裡容不下的殘渣，從未想過出書。這形式的具體結果，要感謝或怪罪某友人的多事。而你呢？這些文字能帶給你什麼？「追巴黎」的女人？對我自己而言，這些文字，除了文字，什麼也沒留下。書裏許多，甚至是我早已背離的……。

基於我對我自己的誤讀，我們的第二道關係，或許就從恣意開始。

巴黎肉身

這個夢幻城市

「所謂文化，原指尋回、延續、發揚光大這世界高貴的部分。」

——安德烈・馬勒侯

一九九六，整個十一月的巴黎都屬於馬勒侯（A. Malraux），地鐵內外處處可見他的文摘語錄、巨型海報。法國國家圖書館爲了紀念他逝世二十周年與法國廣播電台合作，早從十月十五日起播放一系列節目，由知名戲劇演員朗讀他的作品。電視、博物館、書店都是馬勒侯。既拍電影也寫小說，更是戴高樂治下第一任文化部長，馬勒侯一生可以說「志得意滿」。六〇年代倡導文化民主化運動，汲汲努力地，夢想將文化「高貴的部分」普及到一般大眾生活裡，而不只是少數貴族菁英的品味。巴黎龐畢度中心，有名的「煉油廠」博物館在七七年開幕時秉承的就是這個文化大眾化的精神——逛博物館像上超級市場……。

九六年，文化部仍繼續在努力。十一月三日起到十七日，各大博物館響應「免費參觀」活動。晚間新聞報導，卻說是：近幾年來，博物館人數大幅滑落，財務漸顯窘困……。

法蘭西輝煌的古蹟和歷史，包裝成商品，也有陳腔濫調的時候。巴黎，這個夢幻城市，「香水、皮件、服飾」的印象和每天重複「地鐵、工作、睡覺」的市民之間，距離也愈來愈明顯。好奇的是，眞實生活裡，法國到底怎樣地「有文化」？

從老佛爺百貨公司出來，總不免遇到一團又一團台灣來的觀光客，等待購物退稅。大筆大筆的鈔票換取台北對法蘭西精緻高級形象的迷戀。文化，對多數人而言，「高級」是等同於「高貴」的吧？法國文化部海外推展的工作，好大一部分必須靠「品味」的推銷來支持。希哈克在日本，最感心滿意足的一刻，是不是從日本婦女眼中感受到對Chanel、Hermès強烈且直接的崇拜？

馬勒侯是令人敬仰，但也的確過時了。相對於古蹟歷史人性高貴部分的「大文化」，今日的「大眾級文化」（暫不談大眾媒體文化）是跟消費脫不了干係的了。買一個形象，買一個品味，買一個夢想……。好奇的仍是：眞實生活裡，法國到底是怎樣地「有文化」？

習慣後現代

從馬德蓮教堂地鐵站出來，就在馬德蓮大道上二十三號，很容易可以找到Les Trois Quartiers（如今，已拆建，不復追尋）。不同於比較大眾化的百貨公司如Printemps或Galeries de Lafayette，這裡的感覺比較接近小型的購物中心，精緻的程度媲美台北SOGO的敦南店。

人不多，但用餐時間，在一樓的餐廳內可以看到道地的巴黎人——品味絕對高級，舉止十足高雅。一頓套餐主盤外加咖啡、甜點是九十八法郎。座位之間安排並不遙遠，氣氛也頗輕鬆，因而不難聽到隔壁姑媽教導初入社會的外甥女，如何辨別寶石的大部分談話。

十六區雨果大道的形象高尚中就帶著冷傲了。往西邊巴黎鐵塔的方向直去，從地鐵出來時，迎面飄來的是巴黎初秋第一場雨。九月初，已經得披上毛衣了。或許是天氣，也許是時近正午，街道顯得十分清冷。面對著雨果廣場的咖啡座上不見人影，隔著玻璃卻能清楚望見坐在裡面用餐的仕女講究的穿著——灰暗背景中一身成熟的玫瑰紅，態度安靜嫻雅，目光卻沈穩嚴格，上下快速地評量座前過往的行人。

據說這一帶住著些家裡不准唱《馬賽曲》的貴族後裔、十九世紀大銀行家子孫和今日法文裡所謂的「BCBG」（Bon Chic Bon Genre）新一代的雅痞階級。Haagen-Daz的光鮮明亮毗鄰名為「女侯爵」的糕餅兼快餐店，櫥窗裡各色甜點，精緻得令人捨不得眨眼。

沿著雨果大道漫步，可以細細咀嚼所謂「上流品味」及一切貴族式高傲的壓迫感：花店裡以各色貝殼裝飾而成像人一般高的大燭台、整套狩獵裝備的專賣店、銀器、鐘錶、古董、沙龍，以最早規畫香榭大道的工程師Le Nôtre為名的巧克力店，還有……一閃即逝的金色法拉利。

大布爾喬亞一向以追求貴族身分品味為尚。自一七九五年巴黎銀行家於拿破崙一世時大規模結合政治財經勢力後，更形成所謂「上流社會」的文化氛圍——盛氣凌駕貴族，奢華更有過之而無不及。金錢掛帥的全盛時期，「現代」巴黎大都會之形貌亦隨之立體：環繞凱旋門的十二條大道、四通八達的鐵路、大百貨公司的興建……淘汰了舊時代的物質條件和消費習慣；醫學科技的突飛猛進，更使得生活形態堂堂進入「現代化」紀元。而現代化亦即物質化的過程中，卻也使精緻與粗俗之間階級區分愈趨明顯、遙遠。而夾在中間上不上、下不下的小布爾喬亞，則在對下自以為是、對上又盲目模仿之間隨波逐流……。

而曾幾何時，九〇年代的觀光客，在香榭大道吃完漢堡後，特來十六區品味當年「勢力範圍」的尊貴榮寵。習慣了「後現代」的嘈雜、自由、不在乎，只覺得「傳統的現代」在自傲之餘顯得那樣冷清、保守、安靜得令人不知所措。

臉

人被分成好幾類：黃色、白色、黑色、紅色；佛教、道教、基督、天主、印度或喇嘛；雙性、異性、同性、亂性；左派、右派、中間、偏左或偏右；有錢、沒錢、賺錢的、賠錢的；貴族、中產、勞工、奴役……。奇怪的是，不論如何分法，世界上竟然找不到完全相同的人——即便是同卵雙胞胎，或將來可能更詭異的複製人。每一個身體是獨立的，活動範圍互異，經驗情感不同，在共處的各類相似情境之下——每一張奇怪的臉。

所以，不論如何分類，那張臉——獨一無二的臉，總有無可分類的「盲點」。看著你的臉，un/canny，熟悉、舒服、美麗，卻又莫名地奇異、神祕、疏離。懷孕時候的臉。戀愛時候的臉。閱讀時候的臉。沉浸在他我合一的高潮、卻即將面臨潰決分裂的臉。恍然大悟，一時「親密的感覺」原來付出的代價是「永遠的陌生」。

別忙著辯解，我想介紹你認識少女時期的閨中密友。

我們站在操場中央。喬突然抬頭向天大喊：「我眞討厭台灣！」在國家民族意識最強烈的眞誠年代，當下甩了她的手，立刻表明決裂！那一天，（後來回想，萬分驚異當時自己的「大義凜然」。）喬剛接到新的消息：媽媽，終於，帶著六個幼齡妹妹，不知走了幾天幾夜，從高棉逃到了泰國，和爸爸會合了。

喬媽媽說：「然後，就憑衣服內裡密縫的金鎖片，在巴黎落了腳。」越南河粉裡仔細剝下嫩嫩的薄荷葉，喬媽媽爲了招待我這個「他鄉故人」——而我們其實是第一次見面——親自下廚，滿桌的湯菜：「當年在高棉可住的是樓房哪！才有能力送喬去台灣上學。」而後半段的「寄人籬下」的苦日子，卻好像一眨眼就忘了：「反正，沒有家。」

我細細端詳著十六歲時無比熟悉的喬的臉，（最早，法文滾舌根的R音，就是盯著喬的喉頭練出來的。）如今，三個孩子的媽，法國國家銀行高級主管，二十年的移民生涯。而她，也正瞅著我，笑問：「記得操場上要跟我絕交嗎？」

剎那，我又經驗了一次熟悉／疏離；美麗／神祕；舒服／奇異。七十二小時內，我將帶著女兒從巴黎，經洛杉磯，飛回台北。在遷徙中，人，如何分類？

純粹

住在瑞士的蘇蘇代表了我心中對婚姻最崇高的敬意。當年，連美國都聽起來遙遠的時代，二十歲不到的她，竟隻身飛往只有童話裡才能想像的國度，探望因重病回國的異鄉人——連「男朋友」都還不承認的「朋友」。

然後男方飛來，長袍馬褂跪拜大禮迎娶了我那一句德語不會的蘇蘇。十五年後，我們坐在廚房外的陽台，看夕陽西下。兩個兒子帶著我的女兒在園子裡奔跑。她的德語罵起孩子來比瑞士老公還「輪轉」。她自製精巧美麗的聖誕花飾，同化了所有的街坊鄰居。

這十多年的異鄉，當初只爲一個異鄉人。我爲這樣純粹的勇氣震懾。而她，不知情、體貼地爲我泡了一壺蜂蜜小雛菊。

這使我也想起嫁到法國的兩個老同學。那一次，我們在瑪德蓮教堂附近的Fauchon下午茶。

「生孩子吧！是唯一成就的方式。」法國政府補助生子，生得愈多，賺得愈多，三個孩子等於人家一個月薪水。同學有張可愛的娃娃臉，極古典的單眼皮。「只有偶爾回台灣，看到別人事業的發展，會稍稍不平衡。」同學有極逗人的小嘴唇，歪著頭看我說：「像妳這樣結了婚敢帶孩子跑出來玩這麼久的，簡直就是異類。」我無言，思索著安定和自由的代價。

Fauchon是巴黎百年美食老店。日本觀光客最愛的購物點之一：鵝肝、鴨肝、糕餅、巧克力和橄欖油。我愛來，是因爲太喜歡這裡賣的異國風味：長得很像刈包，卻烤得油油脆脆的panini義大利餅。我不禁懷疑：何等世事，到底，以「純粹」存在我生命裡？

異質

蒙巴那斯車站連接聖日耳曼大道中間的「漢娜街」，長長直伸展了數百公尺吧！排列組合了最異質的商店：高級海鮮餐廳旁邊搭著麥當勞；五樓的廉價商店 TATI 同列五千法郎的名品店Kenzo；人潮洶湧的FNAC綜合書店走下去會遇到一間幾乎關閉廢棄的電影院。

異質，是巴黎風情愈來愈有趣的趨勢。接女兒放學前的空檔，我最愛在這一帶閒晃。街頭，先花十七法郎超值優惠地，買個超大的巧克力麵包（maxi pain au chocolat）配一杯noir備好精力，從街頭逛到街尾，正好接上雙叟（Deux Magots）咖啡，再向左，轉進La hune書店。走累了，隨時可跳上95路公車，繞一圈拉丁區，經過盧森堡公園、索朋大學，穿越塞納河、聖母院，最後在羅浮宮前的小凱旋門下車，轉搭地鐵回家。

一個人，我常莫名其妙地感到快樂。然後，找一個電話亭，撥電話給你：「異質，就是在無法把握的自己裡，把握承擔別人的能力。」電話另一頭，沒有聲音。

聖日耳曼大道上的出版傳統已一塊塊被服裝設計師的專賣店替換了。也不曉得爲什麼Café de Flore旁邊這間書店能屹立至今——櫥窗內擺著莫里斯．白朗修的《反省知識分子》。

「一如從前的十字軍，黑格爾如是說，遠征異地去解救基督。然而他們心知肚明，在他們的信仰裡，那『基督』原是『空無』，就算成功勝利，解救的也不過是那空無的『神聖』而已(la sainteté du vide)……」

我又撥了一次電話給你：「純粹單一如我們的愛情，會不會（仍）是我們下一輪生命的信仰？」電話的另一頭，還是沒有聲音。

巴黎色

一個美麗年輕卻早逝的女孩，十年前，問我第一次遊法的觀感：「巴黎是什麼顏色？」這樣的問題不假思索，卻也直接反映出來一個清楚的畫面：「橘色！」艷艷的橘紅色，當時只習慣不是黑、就是白，或是咖啡色的我，看到巴黎女孩腳上一雙橘橘的鞋，簡直新鮮得不知如何是好！

那年夏天，ELLE有一期封面，是個穿毛裝的法國模特兒。中國，是流行的主題。提到顏色，說是藍配綠，法國人本是無法接受的，卻在中國庭園建築和磁器上大大驚艷。之後，藍綠（尤其是孔雀綠）流行，竟久久不衰。

今年，發現最受寵的顏色，是寶藍配鮮黃、粉黃或鵝黃。不過，不是服裝，而是家飾：刷黃的牆面，映襯寶藍的——或是燈罩，或是餐具、或是各式各樣裝飾用玻璃瓶。寒色系的藍竟因而顯得溫暖，溫暖得像熱帶魚，充滿童趣的召喚，單純而熱切。

說到服裝，今年巴黎街頭，女子一身都是黑。倒是男士們，對顏色的掌握令人耳目一新。白底藍條的襯衫搭配暗紅領結，外加一件墨綠夾克；磚紅、橘黃、橄欖綠……襪子、眼鏡、髮型，每個細節都打理得「有型有款」。最迷人的儀表，則是從不吝於表達讚美的眼神與微笑。相較於北美男子率直的、單純的童稚，多了一分細緻敏感的氣質。

法國的孩童，真的就像磁娃娃，像青花磁瓶。印象是他們最常穿青藍、玄藍、海藍，或是吊帶裙、背心裙，或是長褲，搭配白色圓領的上衣。鞋子、小短靴也愛藍，深藍點綴一圈小紅花。紅、鵝黃、墨綠，自小培養含蓄沈穩精緻的品味。美國小孩的顏色就淺顯多了。男嬰淺藍，女嬰粉紅。大一點的，橘紅藍白黃靛紫，七彩繽紛，螢光閃亮。尤其在加州，洛杉磯的孩子們總是水粉粉，色彩比重輕而淡，搭配起來倒也五花八門，活潑有趣。

說到老年人，據說超過六十五歲的佔法國人口百分之十四。老太太特別多，板個臉，少有笑容，但絕對打扮得整整齊齊：絲巾、腰帶、皮包、絲襪俱全。似乎特別鍾愛花格料子。

入冬以後，巴黎就顯得老了，一片灰白。路人的面容緊縮一層冰霜。周日一到，商家全數關門（連百貨公司也不例外），古舊街道更顯冷清。但也只有此時此刻，巴黎斑駁的窗櫺外，整理得玲瓏有致的紅色花朵，特別叫人窩心。

於是，想起那個美麗卻早逝的女孩，輕聲問我：巴黎，是什麼顏色？

失鄉人

十月的巴黎，秋正濃艷。橘黃紅綠的濃淡深淺，油彩般，帶著絲絨的質感，不似北美的楓紅，透明，凝結著冰雪的寒意。

住在塞佛爾（Sèvres）巴黎西南角外。從九號地鐵最後一站出來，搭公車穿過塞納河，迎面就是一片森林，每天相同的景致，卻是不同的顏色。森林裡是一片四百五十公頃的法式庭園，路易十四時代的，聽說有個大瀑布。還沒進去過。

到塞佛爾來，是因爲得到法國政府一個獎學金名額，爲台灣將來開放高中第二外語教學及師資培訓來學習。帶著女兒到法國來，則是因爲生活已到了應該重整基調的時候。夢幻與現實的分別，理想與環境的差距……，沈澱了太多年輕的任性與狂傲，人到中年，文明初始的熱情必須馴服於更精緻的謙眞。而我一直相信，也不斷履行的，就是遷移。藉著大環境空間的改變，讓習以爲常的、自以爲是的、陷溺沈迷的、鑽牛角尖的，全都因空氣的濃度轉變而一一無所遁形。

蒙田說：「面對眞理和價值有三種態度：虛無主義者——根本拒絕追尋；教條主義者——宣稱早已獲得；探險犯難者——不斷探求，即便知道可能徒勞無功，永不可得。」在虛無主義當道的現代社會裡我正努力，也才剛剛起步，嘗試著從教條主義（從小被塑造成型）轉變成探險者。衝擊最大，且反覆不屈的，是那些最根深柢固的內化價值。學海邊緣，我下錨的方位探尋的既是知識的，也是生活的；既是理性的，也是感性的；既是理想的，也是現實的，但遲遲、遲遲，無所適從……。

在十月號的《閱讀》雜誌裡，有T. Todorov新書《失鄉的人》（L'Homme dépaysé）的一段文摘，其中他說：「尋求眞理、價值的人，不斷觀察這個世界，與人們對話。」Todorov自覺，今日的知識分子就像失鄉的人。在西方，如同原罪的無效，尋求解決人類困境的整體辦法早已沒有信用了。但民主社會以大眾訴求爲依歸，體認到單一價值之可憎的知識分子，要如何在消費市場中生存，還能自得其樂？

相同的景致，不同的顏色。在塞佛爾逐漸冷冽的空氣裡，體會變化的各種可能性，已經是幸福了。

娃娃語

女兒哭了整整三天，然後開始比手畫腳，在另一個語言裡塑造並被塑造另一個自己。我怔怔地看著她獨自站在落地鏡前，把一個月蒐集在耳朵裡的音節，串成一長段沒有意義卻道地順口的法蘭西語調；模仿老師、小朋友的吻頰與擁抱。我怔怔地看著，忘記了盤桓心底的拉崗和精神分析，不知這樣的經驗將留下什麼樣的痕跡。

將未知納入已知，是主體自我認知的生存方式。若控制未知的欲求本源自於對未知的焦慮與恐懼，那麼知識與學習真能帶來自由與快樂嗎？抑或挑逗更大的焦慮、更深的恐懼？於是拓展再更大的知識體系，再更強的控制力量？然後……我們在未知和已知之間，時而焦慮恐懼，時而自由快樂。於是，欲求變成自身內化的審察制度，必須在客體化自己的快樂／焦慮之後，於意識與潛意識之際，浮沈欲望的放縱與克制。因此，對自己，其實我們是無知的，總得透過「客體化」

的折射——透過鏡中的影像，所愛的對象，寵「物」的形象（所有物之爲物），還有異鄉語言裡自己即將熟悉、卻又永遠陌生的「音像」（image acoustique），稍稍可以捕捉變與不變之間的面貌……。

這一帶的人，平時不太出門，只有星期天，會打扮整齊，在只容有六張四方桌子的雅致餐廳，喝著紅酒、吃飯聊天直到下午方息。常常，我經過窗前，透過玻璃，看掛在牆上的那幅Rembrandt垂暮的自畫像。直到今天，稍稍懂得爲什麼一直希望在這裡款待你——踰越的魅惑，未知的焦慮。

雄性火車

「她三歲半。習慣旅行。」

從巴黎到瑞士的Bale，要坐五個小時火車。那是電影上常見的歐式包廂車，隔成一間一間廂房似的，左右對坐。拉開廂門是沿著窗戶的廊道。我們上了車，進了包廂，面對一個灰鬚皺眉的老翁，和緊抿著下唇的老婦，那眼神顯然極擔心這長途旅程的安穩。女兒一如往常，從背包裡拿出畫冊、一盒蠟筆，把包包平放在膝上，火車一開動，就開始專心塗顏色。一個小時。畫冊收好，拿出拼圖，一塊塊湊成她的動物園。一個小時。拿出故事書，叫媽媽唸個兩、三遍。一個小時。趴在媽咪腿上睡著了。火車也就到站了。

老翁激賞地拍著女兒的頭說：「天啊！我幾乎忘了這裡有個小孩子！幾歲呀？」

她六歲，除了火車，已經飛行了十六萬八千哩。

漢斯怕馬是因為媽媽太保護了，所以連門也不敢跨出去。馬被聯想成屋外未知的變動。漢斯若要長成男子漢，非得要離開家門不可。只有脫離了象徵母體／子宮的屋子，跨出門檻才能開始伊底帕斯情節之後的自我認同——性別認同。在外在流動遷移象徵世界裡確定自己「帶把兒」的事實，方能成就完整正常的♂／我。就像那雄性的火車終將光榮抵達目的，無論曾經如何浪跡天涯。

然而，馬之後拉著的仍有個車廂，火車的終點一如起點，終究是凹陷幽密的車站。我看著膝上熟睡的女兒，心想：她的父親是一個固定的月台；而母親，卻是她「住著到處跑」的子宮或飛機或火車。我不知道，這會在她的生命裡留下什麼樣的痕跡……。

我的番茄

在蒙伯里耶的露天市場，她熟練地揀選橢長的羅馬番茄，準備教我第一道普羅旺斯家常菜ratatouille：「橄欖油爆香了大蒜下番茄快炒，移鍋，小火燜在一旁，鹽水泡洗切丁的紫茄，吸飽了油變軟後混上切絲的洋蔥、青椒和義大利黃瓜（courgette），整鍋倒進燜爛的番茄裡，蓋上一杯白酒，等著誘出湯汁。待顏色形狀稠糊，耳下聞香瘦脨時開鍋，千萬別忘了撒一把basil。」

拙於廚藝的我，自此勤習了十年──配白米飯、通心粉或法國長條麵包。好處是，無論紅、白或玫瑰酒都可裝點得精緻討喜，於是成了款待家中好友的標準菜色。我十分羨慕她在廚房裡的耐心。曾經，耗了一下午，走遍了菜場就爲了調一瓶紅酒醋配晚上的沙拉。

我最後看見她，是在五歲尼古拉的追思會上。她把兒子母親節送的畫，加了框擺在教堂門口：「廚房裡的媽媽。」五歲男孩死於腦瘤。我看著她哭黑的雙眼已深陷成凹洞，心裡卻奇怪地想到她說的話：「女人扮演的角色就像各式佐料，生活就是這麼調起味道的。可是，有些東西一旦少了，就全不是那麼回事了。像ratatouille，非得用『我那』紅肉韌韌的羅馬番茄。圓胖圓胖、不青不紅的那種——一用錯，就砸鍋了。」

離婚後的她，十年來音訊全無。直到去年的耶誕節前夕，寄來卡片內夾著一張新生兒的相片——「看，這是我剛出生的小番茄。」

她的樣子嗎？金髮藍眼、高挑纖細，新英格蘭來的清教徒。十年前，威斯康辛大學麥迪遜校區法律研究所的高材生。我暱稱「Cat」。

聖維克多山

那一年，我仍不識愛情。雖然談過大大小小的戀愛。而June一路開著車，從蒙伯里耶（Montpellier）北上巴黎的鄉間小道上，沿路敘說著當年的故事：「知道嗎？愛就是obsession。」男友終於向她表明本是同性戀之後，「我開始拚命吃東西，一個人從柏克萊跑到巴黎，分分秒秒不停地往嘴裡塞東西。」我無法理解的「病態」。

然後，我們中途停宿艾克斯（Aix-en-Provence）。「前面，就是塞尚的聖維克多山（Sainte-Victoire）。Obsession中文怎麼說？」魅惑，一種不名所以無法割捨揮之不去以之侵占所有目光凝望的顏色及形狀。塞尚對著她早也畫、晚也畫、近著畫、遠著畫、左邊畫、右邊畫、正面畫、背面畫，那塊從平地突起的山頭竟像海市蜃樓一樣，那可被定格框架的「實體」老脫逃於線條顏色之外！

當時，我只覺得這山頭斜切的坡面有點像高雄覆鼎金的半屏山。而今，June與我同一年結的婚，已離掉再又結了一次。直到現在，我方了解，創造出來的形式與結構、支持的往往是那看不見、摸不著的東西。在艾克斯，塞尚被笑指著說頂了個強盜頭。那孤寂是難以言喻的：「我無法將感官一筆畫盡。所以顏色上了又上，愛加就加。」一層又一層，一塊疊一塊，直到眼睛發燒，最後，直到強烈化爲雲淡風輕了而魅惑仍一樣濃烈……。

多年後，我去了Giverny。在莫內的睡蓮系列裡，感受不到那樣的情緒。想是或許：因爲光影變成主題，虛幻短暫顯得太具體。

不怎麼法國味嘛！

憋足了三天之後，第一次到巴黎來的媽媽終於忍不住說：「這就是巴黎嗎？怎麼大家穿得這麼隨便，到處看起來破破舊舊？爲什麼連上廁所都要錢？怎麼跟電視上看到的都不一樣！」努力介紹法國歷史古蹟、推銷文化遺產的我，竟然感覺很窘迫，很拉不下面子。研讀法蘭西語言、文學「大半輩子」，不知何時早已不自覺地變成「偉大優越的法蘭西文化」的捍衛者。對於一般談起法國種種便油然而生的崇拜、嚮往之情，更是驕傲得成了習慣。猛然間，媽媽的直言直語，十分刺耳難受，卻也不得不教我重新審視心中情感造成的刻板印象。

就外在景觀而言，硬體建築變化，除了咖啡座大量消逝之外，改變不大。生活形貌的轉變卻使得巴黎街頭和世界其他大城市之間的差距愈來愈小。看看年輕人的穿著：除了世界通行的牛仔褲之外，較注意流行走向的，穿上Naf Naf、Kookaï、Stephane1或甚至Kenzo，和台北、東京、洛杉磯的大孩子們比起來，並不特別顯得「法國味」。可樂、漢堡、薯條大量地被消費；重金屬搖滾rap、動作片、喜劇片、美國肥皂劇、日本卡通，反傳統、反權威……在消費的共同市場裡，興趣品味由媒體快速傳播引導下愈來愈全球化，城市的面貌愈來愈相似；巴黎今日的大眾文化趨勢並不令人陌生。

南部鄉間的友人，多年來自負地堅持：想認識眞正的法國，非得下鄉來！有趣的是，巴黎之外的「地方」、「鄉下」（province）；年輕人的世界；日常生活的一切，在法國中央制定的文學、音樂、戲劇、雕刻、美術……等標準下，一直「不配」納入「文化」範疇（la grande Culture），直到一九七〇年後期，生活形態在大眾消費強力衝擊下，漫畫、科幻小說、流行音樂、電影節目等等，才正式被冠以「文化」之名。之前，以巴黎城市爲中心的都會文化、強勢文化、主流文化一向由專家學者——所謂菁英知識分子（les intellectuels）結合國家政策規畫，以制度統一的布爾喬亞社會爲基礎，在國內藉教育制度掌握、傳播；在國際則藉宣傳政策塑造維護。

以農立國的法蘭西，具悠久傳統的province，自十九世紀城市化、現代化的中央政策主導下，成爲巴黎以外的「邊緣」——城市以外，盡稱「鄉村」。因而，法文中la culture populaire（通俗文化）長期等於la culture folklorique（民俗文化），之間界線一直難以釐清。

先驗的家

看完三小時的芭蕾舞劇，走出巴士底歌劇院，已經晚上十一點了。女兒整場精神抖擻，打直了背脊，緊盯著仙女們的每一個舞步、神態和顏色。散場後，過度的驚異和興奮畢竟撐不過香榭大道，稍感倦意便開始吵著肚子餓。只好，出得地面來。

這陣子，爆炸數案，全民警戒，連垃圾桶都全數封閉。十一時半的香榭大道安靜無聲，空有路燈緊張地閃著。店打烊，人冷清。我緊抓著女兒的手，竟汗濕。「Quick, Quick!」黑夜裡打烊的香榭大道，還好有家速食店守著。女兒滿足地喝著熱熱的巧克力。竟有家的感覺。

那是入夏時節了，也像這樣的半夜三更。打盹忘了換車，一路坐到底，出站一看，竟到了Château de Versailles!困倦的緊張叫人連哭的力氣也沒有。女兒突然拉著我，小手向前一指，大聲叫道：「媽咪!麥當勞!」黑夜中打烊的凡爾賽宮，竟然有家的感覺，只因無助時，適時出現了平日熟悉、雖不喜歡的符號。

而這一對夫婦，在希臘住了十年後回到巴黎。他們熱愛異國情調的一切：非洲的面具、中國的山水、尼泊爾的銀飾……。獨獨——像許多法國人一樣——絕不帶女兒去巴黎的Disney：「我們法國有Astérix！」拒吃麥當勞：「我們有Quick！」

悲壯而無奈。我並不像許多留法的友人義正詞嚴地也跟著反美，也不像許多美國人刻板印象地崇法。我在觀察，經常發現平時並不注意的小節，出其不意地會凸顯出來告訴我：認同，散落在極細微的差異裡。

回到台北，你問我：在法國學到了什麼？想是以前總是從洛杉磯回來，覺得永康街又窄又擠。這回，永康街竟顯得寬敞。抬頭看見麥當勞，半夜十一時的永康街，有家的感覺。連「家」，也許都不那麼「先驗」？但是，我不想這麼回答你。

憔悴的香榭麗舍

或許是因爲一九九〇年八月二十六日才剛剛慶祝完巴黎掙脫納粹重返自由五十週年紀念，通宵達旦的狂歡之後，香榭麗舍大道在陽光下顯得好無精打采。觀光客卻成群結隊，絲毫不以爲忤。興致，在人潮中淹沒。痲木、被動地跟著走向凱旋門——拍照。

記憶中（不過四年前）光鮮亮麗的高級服飾店大量萎縮，取而代之的是新式二——三層的商場，分割成一家家店面，堆積專爲迎合觀光客口味的品牌；而流行向度卻又遠不及台北東區的時髦新潮。大量增設的結果，許多店面似空置著，更顯冷清。香榭大道的可看性大幅降低。

昔日象徵布爾喬亞強大政商勢力、結合貴族品味主導上流社會時尚的文化沙龍中心，如今更實質地接受凡夫俗子，香榭麗舍正快速地變質變形爲現代大眾文化櫥窗——平價商店（如Prisunic）、迪斯奈紀念品店、麥當勞、自助餐廳、電影院，成千上萬自世界各地湧進的消費者，有單純只爲在「巴黎最具代表性之大道」上滿足「走他一回」願望的「朝聖者」；還有一不小心就會踩到的乞兒和他（她）們的母親——身穿鮮艷卻破爛的衣服，鬈髮大眼，說著不是法語的外國話……。

高貴優雅勢已不再適用於描寫香榭麗舍。而她眞正的憔悴，則是日漸凋零的咖啡座。速食店似是擋不住的趨勢。記得一九八六年八月，南部大城蒙伯里耶（Montpellier），麵包店的老闆娘指著當日地方新聞頭版跟我說：「百年咖啡老店的最後一日，速食漢堡取而代之。快！就在火車站前，照張相留念。」而我當時那麼漫不經心，覺得她大驚小怪。

從凱旋門朝協和廣場方向再往回走，緩緩下坡，適合疲倦的體力。在Chez Fouquet咖啡座上駐足，叫一杯綠色薄荷水。穿白領衫黑背心打黑蝴蝶領結的侍者將帳單熟練地壓在桌上菸灰缸下，便靜靜地站在店門口，面無表情。對面，熙熙攘攘的車間距離，看得見可以用英語收帳的自助餐店。

當一切都爲觀光消費著想時，方不方便、習不習慣、便不便宜，成爲景觀消長的因素。誰記得憑弔過往？

紅色的遮陽棚，花朵燦爛的露天咖啡座時時吸引遊人放慢腳步，人行道上動靜之間、被看與看人的閒情逸致，曾經是我記憶中最浪漫的享受。在街頭藝人準備下一輪表演前，座位旁彬彬有禮的男士誠懇的讚美，一次偶然邂逅中發展的可能性——怎麼感覺已全然走樣？

或許，應該在夜幕低垂之後，再來……。

時裝王國

從凱旋門朝協和廣場走下來，到達圓形廣場（Rond-Point）繼續向前是一段林蔭遮天的人行道，若直接向左轉到蒙田大道，則有一家家如珍珠串連的高級商店，體驗香榭麗舍昔日的風華絕代、精緻高貴，就是這裡了：Escada，Louis Vuitton，Chanel，Christian Dior，Nina Ricci……，台北仕女們耳熟能詳的世界名牌全在這裡了。

人群顯著減少。挑高大門多半厚重華麗，自然排除沒有欲望或沒有能力跨進去購物的人。櫥窗內至少五位數字以上（法郎與台幣約一：五），高價格的嚇阻作用維持了大道的幽靜。

然而，店內卻多半是日本客人，櫃台前排著隊填寫凡同一店內購物滿二千法郎即可辦理的退稅單。不過，最露臉的要算在Louis Vuitton皮飾店，從小皮夾、手提包、背袋、手提旅行袋、皮箱一整套包下來，展現強大經濟實力的台灣小姐。

從圓形廣場向右任何一條街走出去，都會遇到Faubourg Saint-Honoré。往下朝馬德蘭教堂的方向逛，便是另一段高級服飾聚集的地方，這裡的感覺較不那麼「門禁森嚴」，街道原本狹窄，車輛頗爲擁擠，日本觀光團更是景觀一大障礙。Hermès店裡遇到一群擠得好似市集，男男女女，老的少的，像在搶購一百元三條的毛巾一樣，爭先恐後地採買絲巾、圍巾。

統一化、標準化、品牌化——就像台北有「品味」的女人都至少要背一個「香奈兒」(Chanel) 的皮包一樣，原本強調精緻、個性、品質、鑑賞力的設計，在強力消費流行追求下，無可避免地「制服」化。

法國的Haute Couture（高級訂製服）就和所謂的Grande Culture（主流、上層文化）一般，早面臨成衣大眾普遍化的危機。許多設計坊爲了生存競爭紛紛推出價格較低的「副牌」，或是全面納入有關配件、整體化經營。「一九六八年以後，人們再也不敢穿得太華麗了。」法國《快訊》(L'Express) 雜誌早在一九九二年便有專題報導：「二次大戰前高級時裝擁有三十萬顧客群，而今二十一家世界知名的設計坊共同瓜分的是不到二千固定客戶的市場……。」

對美感絕對的要求已成過去式。現存的事實——高級服飾的價值僅存於大眾傳播媒體的盈餘：每一年，在巴黎舉辦的服裝秀吸引全球超過一千名記者，製造約二千頁報導、一百五十場電視轉播，以廣告效益來計算，相當於二億二千萬法郎（最保守估計）。

巴黎每年每季向世界不斷推銷、傳送的服裝秀，在創意觀念之外，提供的恐怕也是品味大眾化、成衣化的潮流，讓人們有個超脫現實與眾不同的夢想機會吧！

別哭，畢卡索

拉崗堅持，女人之爲「性別」，並不「存在」，純粹是在男性話語裡勾勒而成的幻相、「妄想」。

女性主義者如Jacqueline Rose反駁，女人之爲「性別」，早先於語言，源自混沌不分的子宮實體。男女，因而跟語言建立著相異的關係——男人，在語言之內失落現實，尋覓自我象徵；女人，在語言之內回歸實體，物我不分，虛實不辨。

而我如此胡思亂想：非關男女。陰性是陽性永遠無法收編的異類，絕對的他者。陰性的曖昧縹緲，是陽性的意義權力永難掌握的對象。陰性的軀體，是陽性徒勞穿過的空無。陰性是盈溢，也是匱乏；是局限，也是無窮的可能性，陰性是陽光吞沒不盡的幽暗，力有未逮的「不可能」。陰性不是陽性的否定，是一切否定的否定。

這一次，畢卡索的畫展定名爲「哭泣的女人」，大排長龍的美術館，在夏日海風吹拂的L.A.，並不常見。Olga、Marie-Thérèse、Dora、Eva、Françoise，畢卡索的視角從不定格，在空白的畫布上操練各種形式的象徵，或是淒厲，或是柔美；或是悲怨，或是和悅。

而其實，我看到的，是陰陽交纏的焦慮。焦慮映照空無的變形，永難平息，無法饜足。有一天，Dora Maar發現畢卡索躲在書房哭泣，問他：爲什麼哭？哭泣的男人回答：安全感解釋不出來，光是一再重複，「Life is too terrible, Life is too terrible」，還是表達不出來。

Gertrude Stein這麼寫道：「當時，所有可以看見的東西都被畫光了。畢卡索畫起看不見的——後來成爲他唯一說話的方式，自此喋喋不休。」

這裡住著西蒙波娃

秋末，多雨。正好放假，整整一星期的萬聖節假期，萬聖節（Halloween）十月三十一日晚上，在美國是孩童的節日。孩子們早早精心計畫好當天的裝扮，太陽還來不及下山，所有的南瓜燈就亮起來，一家家討糖吃。大人，則喝酒狂歡。巴黎的美式酒吧也漸漸沾染了習俗，打扮成各式妖魔鬼怪的大人，徹夜不歸。在法國，萬聖節（La Toussaint）十一月一日，比較像清明節。掃墓的日子。

菊，各色各樣的菊，尤其是怒放的萬壽菊，是墓地上最金碧輝煌的慶典。（東西方生死的象徵在兩極處竟是相同。）

來到蒙巴拿斯墓地，跟三歲的女兒說，是去公園玩。「這個公園，一點也不漂亮！」的確，比起其他墓園，綠地是少多了。但我心儀的作家大半住在這裡。莫泊桑、貝克特、波特萊爾、尤奈斯柯、沙特、波娃……。大門入口左處，免費提供地圖，可以按地址探訪。（想到在好萊塢，買張star map找明星住的房子，一陰一陽，景況竟是相似！）

波特萊爾住在北方路第六區。有位女士提著水壺、雛菊、一把掃帚，正在清理。在角落邊放的袋子裡，或許有一本《惡之華》，或是《巴黎的憂鬱》？莫泊桑住得遠，得穿過大半墓園。貝克特的前方不遠，一張長條木椅，是讓人坐著思考果陀嗎？最近、最好找的，是入口左手邊沙特和西蒙波娃的住處。合葬。簡單的灰白色墓石、簡單地刻著名字和生死年月，長方型扁平地躺著，不似其他舖張的，一頂頂竟拱得像新娘坐的轎子。

我雙手合十，只為他們的思想文字深刻地影響過我——「在別人的凝視裡，我方為主體」。在法國的清明節來探視存在主義大師，算是我卑微的感念吧！如果說帶著女兒獨自前來體驗一年的生活學習也是種「行動」，如果「人是他行動的總和」，我尋求的，是一個問題：所有觀念、習慣幾乎都已成型的我，在異鄉的時空裡，能有什麼樣的改變？「我」，在「他者」的凝視裡……。

天本就陰，然後竟下起大雨來。那麼突然，而且一點躲雨的地方也沒有。倉皇離開之際，遺忘了瑪格麗特・莒哈絲，在大門左手邊……。

沙特不續杯

週年慶大拍賣，百貨公司簡直像螞蟻窩。不甘寂寞，在人群中湊熱鬧，卻像失掉觸覺一般繞著賣場，不知怎麼轉。突然，開始了鋼琴演奏。循著音符找到一方水域，隔開所有嘈雜，四張舒服的軟沙發。

有銀髮老人在閉目養神。我輕輕選了一張靠邊的，懶懶重重地下陷。抬頭見橫空懸掛著獨木舟，交叉一對划槳。真正的獨木舟：結實、靈活、修長，毫無贅肉。在這裏當裝飾品，穩穩的，有點落寞。

獨木舟，幾乎不用經過聯想，就是我年輕求學的歲月。在那裡，冰雪和河川，長年矛盾地纏綿戀愛著……。但是現在，我想起的是一個字，HUNE。法文「la hune」；船頭一塊圓形平台，字典上寫著：「桅樓」。

獨木舟上應該沒有，因爲沒有桅桿，也就無所謂桅樓吧！或許得到太平洋沿岸觀察那些閒散的帆船。最初，把字看成「月亮」（la lune）——不過，月亮和桅樓也不是全然沒有關係的呀！（月亮的影子鹹鹹的，不是嗎？）我只是納悶桅樓是什麼作用？

其實，La hune，是一家書店。在巴黎拉丁區Café Flore和Deux Magots之間。沙特和西蒙波娃最愛的咖啡店。當年老闆不喜沙特，因爲他喝一下午咖啡，從不續杯。如今，觀光客滿滿佔據內內外外的座位，像二塊蜜糖各自黏聚愛好者。La hune在中間，靜靜隔出一方水域。窄窄的卻有矮矮的閣樓。

閣樓上，各式各樣的，攝影、美術的書。樓下，按字母排列著：A阿波立耐爾、B巴特、白朗修……C卡繆……D德希達、莒哈絲……F傅柯……G紀德……H胡賽爾、海德……I……；從A到Z，輕水划過，像孩童玩水般興奮。

櫃台後面的大男孩，遞上一張書店的卡片，方方大大的。「謝謝，小姐。」當我應聲抬頭，那一雙眼睛，竟是深海般的藍……。

旋轉木馬

喜歡火車勝過地鐵，不喜歡一張張因失業而陰霾重重的臉。寧願窗外的風景一路看到巴黎。月台上，一排排TGV蛋頭火車，隨時等待著向天涯海角飛馳而去。奇怪、奇怪，我不是已經自由得夠遠了？怎麼還按捺不住流動的意念，只想流浪到更遠的、連心情也追不到的地點？

走出偌大的車站，迎面而來的，是烏壓壓像大油煙囪的蒙巴那斯摩天大樓。大樓連接車站的廣場，周圍，五光十色的電影看板，平價商店加速食餐廳。不成比例的空間配置。從中走過，常會被穿堂強風灌倒。更詭異的是，晚間七時半過後，整個商場就關閉了，行人頓時一少，常有風吹起漫天的紙屑。

唯一有感情的是，廣場上以印象派畫風爲主題的旋轉木馬。女兒總愛騎過一圈之後，踮高腳伸直手向旁邊坐在木箱裡的老闆要一個長久培養下來的默契：在玻璃罐裡，仔細地選一顆漂亮的糖果。

這一帶，是夠商業化的了。突兀，是我的最初印象。回想起來，在摩天大樓和火車站平台間騎旋轉木馬，其實，比較超現實。車站裡便利商店買一隻二十六法郎的特價烤雞，趕搭20：05的火車回家。背著包包的年輕男子，單手扶著驗票台，一躍而過，順勢還對我眨了個眼。

我這樣思索著犯錯和負疚的關係。「努力不犯錯卻仍然犯錯了」，其實是悲喜交集的。悲傷，因爲自己和常人不同；欣喜，也因爲自己和常人不同，我也這麼認爲：「因爲不完美而不斷犯錯」和「因爲完美而永不犯錯」，同樣令人索然。於是，我更加想念你。

記起正如同忘記

「住久了的地址就像自我認同一樣顯得那麼固定單一似乎永遠也不會變成其他東西然後你搬到別的地方多年以後那個那麼獨特單一的地址就像自己的名字一樣說出來不像在告訴人家一個地址倒像活鮮鮮的什麼然後多年以後你不知道那地址到底是什麼了說出來不再像自己的名字倒成了某件忘掉了的事情這就是自我認同不是存在的事物而是你記或不記得的什麼……」。完全沒有標點的一段話，摘譯自Gertrude Stein的《每個人的自傳》。生命顯得迫切匆促，在親密與疏離之間游移，而「我」竟耗費大半的時間企圖在忘記與不忘記之中尋求自我掌握、自我肯定的「歸宿」。就好像遠遠地搬進這五十年的「新」房子，塞納河流出巴黎邊境的地址：20 Ave. Henri Régnault 2em étage.屋頂上開出來的那扇窗裡。

窗櫺上的白漆斑駁脫落了。下多了雨，木塊泡脹竟拴不緊。房東叫來的修理工人，今天是第四次來了。觀察丈量；休假回來，觀察丈量；雨停以後，觀察丈量。終於，在十一月底完成了工作。聽說，今年，會有個巴黎二十五年來最酷寒的冬季。

從窗前望出去，通往車站的那一百級階梯。站在最高點，可以看見另一端由黃轉橘的森林；最低點，可以抬頭欣賞垂暮的路燈風情，一階、半階、半階、一階，記起正如同忘記，離開台北、洛杉磯「那麼固定單一的地址」來到巴黎的眞正意義。

詩以外

「世界從未爲一本書而改變過，文學的使命就像靈性意欲控制自然一樣，是痴心妄想。」隨手抄的一則語錄，也不知出處，想必是反對「介入」，懷疑知識分子自以爲是，判定對錯，劃分左右，在屬於民主大眾的消費時代裡，沒有威權，沒有絕對，沒有優劣，只分貴賤，利益就是眞理，就是信條，那麼，語言最接近空無的文學，還能妄想去改變現實的外在嗎？

René Char，詩人，有一句話大概是這樣說：

「在我的詩句之外，總有一大群別人，提醒我另一個眞理的存在。」書寫者終將面對文學的盡頭。意識到盡頭之外的，乃是力所未逮的「現實」。有人因而全面擁抱群眾；有人繼續執迷不悟，躲在塔裡呼吸；只有近乎瘋狂的，在明知不可爲而爲之的慘烈裡，在重複極限中，凸顯失敗的高貴。在法國，總有那些少數，堅持失敗，堅持高貴，堅持瘋狂的勇氣，少數，卻讓全世界都聽到……。

胡思亂想，沿著杜樂莉公園，走到羅浮宮；從卡盧賽入口，進入地下商城，星期日，卻都是人，配合密特朗文化推廣政策——「讓大家都來喝咖啡！」貝聿銘的透明金字塔將光引進了代表文化特權的羅浮宮，而今成績顯而易見，羅浮宮地下商城才開張不過兩年，來吃飯逛街的人激增，但不知是否連帶著買票進宮看收藏的人也增加。不過，沒有人反對在巴黎多加一個光鮮亮麗的消費場所吧？誰又能反駁「貴族品味」在今日文化指標上的重要性呢？不過，除了精品服飾，書，在法式品味裡，總是少不了的。

我喝著咖啡，看著剛在商城裡買來的小說，（一九九六年龔固爾獎prix Goncourt）Pascale Roze的Le Chasseur zéro（零度獵殺者），念到這樣一段文字：

「我感受到閱讀的暈眩。一種渴望，渴望那白紙上的黑字，將時空都截斷，向內把自己監禁起來，我說了我無法思考，當我閱讀時，我無法思考，我被催眠了，把字全吞進肚裡，直到書中每一行字都在眼前模糊了，直到一切都變空，當時，幾乎就想要死掉一般……。」

現實的外在和文字的世界之間眞如生與死？猛然抬頭，意識到身處的奇異國度巴黎，極盡物質享受的感官世界，卻同時擁有豐富的精神文化資產，我不明白是那一方凸顯了那一方的存在？也許，正是兩者極端的弔詭，衍生了法蘭西文化魔幻般的魅力吧？

語言牢房

巴特的牢房，思想的明室

異地裡，「巴特」（Barthes）一直只是理論，拿來嚇唬人，或被嚇唬的「姿態」：沙特混合馬克思，符號學、結構主義精神分析、解構文本……。然後，我回到台北。遠離了抬槓的朋友，寂寞中，開始思索這一切和自己真實生活的關係：意義／形式／現實／理想／創作／批評／自我／他者……。

先從中譯本看起的，是《戀人絮語》。也許是翻譯得太準確了，有點索然、有點失落。目的性顯得強烈。封面那句「一本解構主義文本」，開宗明義地準備好閱讀的架式，使巴特有點不太像巴特。套上解構的帽子來解讀愛的話語，就像在女性雜誌裡認證自己的戀愛模式——按圖索驥，尋著標籤摸索意義和方向，只是習慣。而找不到閱讀的定位，卻一直是巴特給我的挑戰，尤其這本書，和愛情有關。（或無關？）

（你的文學理論很sophisticated，爲什麼處理起感情，那麼粗糙？因爲，我不知所措，但總得有個說話的藉口。）

我羨慕巴特的，正是他的「藉口」。那麼多樣、那麼多變、那麼不著邊際，從意識形態的「抵神話」，回歸零度的書寫自由，對語言結構的探索，轉向閱讀者的反應活動，再放逐於意符的遊戲……。表面上似乎可以循序建立思想演變的邏輯，其實，這一切理論只不過是幌子，或更「巴特」一點，只是「面具」。「面具」，能論眞假嗎？永恆不變，或一以概之，或放諸四海皆準，都不在巴特的思緒範圍裡。「面具」，充其量，只是介於眞實／虛構、現實／理想之間的表演場域。「二者之間」（entre-deux）：介乎「希望毀滅的過去與永遠無法達成的烏托邦未來之間」，巴特說：在這裡，那裡也不是，是「亞托邦」（Atopia），一個非地點（non-place），一個永遠的藉口，永遠的「矛盾」，漂離所有現存的階級、體制、意義、語言、認同。在這裡，「我」居無定所。

（知道嗎？有兩條誤解他的途徑：認爲他是理論鼓吹者；或認爲他是理論推翻者。認爲他推崇理性；或認爲他傾向虛無。傳統或現代；現實或理想；唯心或唯物。）

六〇年代的巴特，執著於理想的烏托邦。法國知識分子卓然自清的使命感，在《神話》（Mythologie，一九五七）裡抵制中產階級的思考模式，檢視一切「天經地義」的觀念意義，指出「自然」乃「歷史」迷思（mythe）累積沈澱的成果。很多簡單明顯、永恆不變的「眞理」，其實是歷史時代限制下，強制共享的意識形態。現實並非自然生成，而是意識形態的產物（這一點，巴特在台灣，特別受用）。「抵神話」（démystification）對象，除了自十九世紀起鞏固壯大的布爾喬亞，還有傳統人本主義推銷的穩固、平衡、完整，沒有矛盾的自我認同。

（先別說在異鄉遇上了眞正的「安徽人」。你幾十年來說自己是「安徽人」，「抵神話」就現形了。我關心，倒是你困頓於「有情人終成眷屬」的說法，在道德與欲望之間的掙扎……單單參不破「忠實」的眞相，「主權」的意義。「抵神話」其實是纍存在主義的。掙脫意識形態的控制，回歸不受神話桎梏的零度書寫，「書寫的選擇之後的責任，都指向自由的呈現」。（Degré zéro de l'ecriture，一九五三）零度書寫是知識分子增加人類選擇潛力的期望。也是如此，以十九世紀寫實人生爲主的小說敘述爲靶，巴特支持「新小說」，解剖眞實被虛構的過程，強調文學作品脫離作者主體、歷史背景的獨立性。）

但，浪漫的革命，總是欺人。汲汲「抵神話」的思想行動家十年後了悟：

> 在一個布爾喬亞的社會裡，並沒有無產階級文化，也沒有無產階級道德，或無產階級藝術；從意識形態而言，所有非布爾喬亞的，都必借貸自布爾喬亞。

現實是牢籠，語言是枷鎖。巴特放棄了超然的態度，捨棄了超然的方法。既然沒有純然客觀潔淨的超語言，那來出污泥不染的超價値？又那來不受意識形態控制的超思想？「抵神話」的目的是爲了掙脫桎梏，但是到頭來，打破了小框架，發現自己身陷於更大的謊言之中。歷史（大寫的歷史，先我而存在的文化）是我必須面對、必須生活的眞實。即便是謊言，也不再虛假。

六七年的了悟（Mythe aujourd'hui）其實在五三年就已見端倪。「零度書寫」聽起來多少有點沙特式的憤怒；破除「自然」的假象來反擊意識形態的操控；回歸零度，回歸選擇的自由。然而回應沙特的「什麼是文學……」，巴特在《什麼是書寫》裡，其實已經開始反沙特了。書寫，並不爲了改變、改造社會，貢獻什麼具體有效的意義，只是一種良心的選擇，思考的選擇，自由的選擇——或選擇的自由。而且，「就像自由，書寫只是一時的」，一刹那的自由，一瞬間的選擇，一經延續，就被歷史同化。「文學」在巴特的用法裡，若與歷史同化、意識形態同質同步，則是貶義。（像巴爾札克的小說，像書店裡暢銷書的文學類排行榜）；「書寫」不同於「文學」是歷史文化限制下一刹那的「自由」、「選擇」、「異質」的「否定」。猶如曇花一現的書寫否定，不在推翻歷史、排斥文化，卻在歷史文化的排擠、大眾社會的拒絕裡，「反映」出書寫者身陷的意識形態：「歷史，一直是一種選擇，及此一選擇的限制。」

（不就是祭獻嗎？祭獻出自己的沈默，自己的邊緣性，彰顯現實文化的冷漠與麻木。我想著你在現實壓迫下選擇的沈默，犧牲創作來抗議社會對創作的拒絕。但巴特選擇的沈默更徹底；書寫，是個人創作與社會大眾之間關係的維繫，只有在維繫之中方能凸顯疏離。）

自由，就是選擇自我——祭獻；而創作，是自我祭獻的唯一方式。眞正的革命，不求換湯不換藥的推翻，而是在遵循現狀的結構法則中，顯露現狀的荒謬。書寫，若是與現實「脫軌的」、「無用的」，就讓它無用、脫軌吧！它的不切實際，是「實際」的最安靜最強烈的控訴。「作家可說是沒有任何功用，也因此，促使他發展一個純粹消費的烏托邦『毫無目的可言的消費。』」（Grain de la voix 222）

書寫，因而不像文學，不只是使命，不再是能力，而是「宿命」、「不能不」的存在方式。（這是巴特最政治的一面？）轉向結構主義，援用符號學方式，專注於語言本身，將作品「孤立」起來，巴特卻從來不曾忘懷創作主體與歷史文化之間的牽連。說「作者已死」，作品獨立於歷史時空之外，不再追求語言掩飾下的眞理，轉而面向語言，伸入其運作結構，探查意義如何在乾燥的符碼排列組合之中成形。但巴特如何能滿足於歷史情境之外，操縱簡單的條規、僵硬的法則和形式？結構主義提供的，充其量，只是「藉口」、「方法」、書寫運作的場域。在七〇年代，巴特的書寫，也是閱讀；既是創作，也是批語。語言，則是空間。

作家個人的風格（style）是個人歷史回憶沈澱的結果，語言本身是公眾的產物，當讀者帶著自己文化的背景角度加入，閱讀便開啓了書寫，可讀的作品就變成可寫（scriptable）的文本。「文學工作（文學如工作）的重點，在使讀者成爲文本的創造者，而不再只是消費者」（S/Z）（你看巴特喜歡變換字面下的意義：「文學」、「消費」隨著策略不同代表不同的意思。十九世紀中產階級式的「文學消費」是被動或被迫的：巴特的「文學」或「非文學」——即書寫，是純「消費」，無目的性的、自由的，文字的意義之間，是流動的、不忠實的。你又怎能相信我說的「愛情」呢？《戀人絮語》，只是藉口啊！）

巴特解讀巴爾札克的短篇小說Sarrasine，寫成《S/Z》（一九七〇）。一方面以結構嚴密的分析解剖符規條碼的運作，一方面散置閱讀時的眉批、想法。《S/Z》是閱讀「寫」來的文本，是書寫的空間，既不完全屬於作者Balzac，也不完全屬於批評者Barthes；既是作品（有完整的結構），也是文本（開放的語言場所）。《S/Z》，書寫介乎S與Z之間，像是鏡裡鏡外相對的凝視，看與被看，相互滲透、消解，從結構而言，正是這雙重的活動使文本運作起來像遊戲一樣，一種同時是溝通與反溝通的遊戲。文本在傳遞意義的同時，一併否決了此一意義的有效性。作品的結構再嚴密、再固定、再完整，透過讀者閱讀的活動，終將幻化爲文化迷思，語言形變的遊戲場所。在重疊交錯中，那一方是源頭，代表不變、固定的眞理呢？意識形態是我脫逃不了的現實，但至少，在混亂中，我可以因無所依歸而稍得休憩。

所以，我們談論的一直都無關乎眞理，而是策略。既是顚覆的，也是創造的：既受制於傳統的束縛，也植根於現在的需要。對任何理論的興趣，都不是爲了依樣畫葫蘆，而是爲自己的欲望——發言的欲望尋找出路。巴特的欲望，在衝突矛盾的夾縫裡生生不息。衝突矛盾不見得要造成革命。若爲化解矛盾而革命，往往淪爲制式的替代，同質化的重複，沒有優劣、先後、主客之分，在矛盾中維持異化的趣味，是巴特慣用的「伴發句法」（syntaxe/concomitante）對立是舊有的，對立的共存卻是新生的。問題不在二者擇一，或找到調和統一的方式。使矛盾不再矛盾的方法，就是延續矛盾。既是烏托邦，也是亞托邦。

（太完美了，太無懈可擊了！當我開始崇拜巴特，便不免心驚膽戰。「伴發」，如果這矛盾模式可以解決你的困境，相對於你的難題，這樣的策略，不也顯得粗糙？矛盾，畢竟是痛苦的，除非變成再一種歷史化的「自然」。樂意延續矛盾，難道只是爲了試驗理性非理性互峙的耐力？或者，人，除了矛盾的選擇，還有比幽微更幽微，寂靜的更寂靜，連理性/非理性都探索不到的，更深沈的謎題，必須面對？）

一九七三年巴特的《文本的愉悅》（Le plaisir du texte）被說成是他從「結構主義科學式客觀論述」移位至「後結構主觀，主體建構」的轉捩點。一九七八年，羅蘭巴特寫了一本《羅蘭・巴特》（Roland Barthes par Roland Barthes）。當主體的客體就是主體，「我」成爲自己的藉口。然後，發現身體，不斷撩撥著思想的完整性，（包括清明地保持矛盾的控制能力）。巴特簡單列舉他喜歡、不喜歡的事物。這些身體的感覺、反應，去思想加工之前之後，描繪著「我」的另外一種輪廓一個異化的主體。

我喜歡，我不喜歡。

我喜歡：沙拉、乳酪、辣椒…玫瑰、薰衣草、香檳…對政治輕描淡寫的態度…冰得過頭的啤酒…扁平的枕頭…慢條斯理的散步…櫻桃…手錶…寫實小說…咖啡…所有的浪漫音樂…沙特…貝施特…維根斯坦…蠟燭…有錢。

我不喜歡：穿褲子的女人…草莓…卡通…維瓦第…電話…忠實…主動積極…和我不熟識的人一起晚餐……。

這些說出來跟任何人都無關，也沒啥意義，只不過是：我這身體，和你的不同。藉著身體的發現，巴特關心起欲望、潛意識、「母親」（小寫的布爾喬亞和大寫的「死亡」）。有人便說，巴特的後結構時期，已脫離意識形態的夢魘，轉向自我內在的探索。將統一制式的「人」的興趣導向對「自我」差異的關懷。他明顯地用片斷式書寫法、語錄來表達多重的聲音，「爲了不被制度，也就是，多多少少都會壓迫人的體制所馴服，唯一的辦法，就是不斷地遷移。」

利用語言，他意欲化解語言——眞實，就像愛情，就像死亡，就像「我」裡的「他」，永遠是不落言詮，不著痕跡。在語言層疊環繞的世界裡，我只能愈寫，離眞相愈遠。所以他說：身體的書寫，欲望的書寫是「抵政治」的（depolitisation）。身體的愉悅是「非道德」的，因爲不以生產爲目的，不同於受意識形態控制的思想愉悅（例如：以傳宗接代、累積財富爲意義的婚姻關係），文本愉悅，也因此是「非道德」的，因爲不具任何教育、溝通、傳播或反駁意識思想之立場或功用。巴特的愉悅是純粹的消費（意義的、結構的、目的性的……）；單純的高潮，則是消費偶發的刹那的狂喜。喃喃自語的，散漫的「文體」，便是那誘人的情欲對象。

當然，若是看不出巴特「抵政治」的政治意味，總是可以繼續追隨批評者的腳步，努力破解「母親」的象徵意義，攻擊巴特「毫不自覺」的父權意識。或像「神話」的英譯作者Annette Lavers擲筆長嘆：愉悅的「抵政治」是對左派立場的反叛，背棄了知識分子澄清資本主義腐朽的使命與責任；迎合中產階級的品味，企圖以「自然」的欲望掩飾身體受控於意識形態／權力的眞相。

（翻譯，總是有立場的。讀譯文者，卻常常迷失在忠實的假象裡。忠實？巴特不是說：「我不喜歡忠實？」你又怎能要求我一五一十地解讀你？）

那麼，他到底是左派，還是右派？政治或非政治？爭辯，顯得多餘卻必要。總之，「作者已死」，巴特沒有足夠時間爲自己辯護，或不爲自己辯護，也才有這些紛紛擾擾的揣測。當他才要懷疑理性／非理性之外潛藏的自己／他者／眞實，一九八〇年的車禍、意外死亡，或許就是眞正的問題／答案——在所有的藉口以後……。

（只是惋惜，當欲望正開啓另一種閱讀／創作的可能性，當自己變成「我」眞正難解的謎題，延續，卻已經來不及。我獨自面對散散落落的《戀人絮語》，捧著伴發的矛盾，重讀之際，依然不知所措。）

〈巴特語錄〉

一、語言和風格是盲目的力量；書寫則是聯繫兩者的歷史行動。

二、如同自由，書寫只是剎那的。但這一剎那，卻是歷史最清晰明白顯現的時刻。因爲歷史，一直就先是一種選擇，及此一選擇的限制。

三、書寫正是「個人」自由與「歷史」記憶之間的妥協。這種記憶「歷史」的自由——只有在選擇之時才得自由，之後的延續便不再是。

四、讀者的誕生必以作者的死亡爲代價。

五、從閱讀過渡到批評，是欲望的轉變。渴求的，不再是作品，而是語言本身。

六、一認同語言，作者便失去對眞理的所有權。
七、「理想的文本」是一道意符的星河，而不是意旨的結構。
八、在愉悅中書寫，是否能爲我——作者——保證我的讀者的愉悅？一點也不；這個讀者，不知身在何方，必須由我去尋找（我去引誘），一種狂喜的空間才能出現。
九、我需要的，並不眞的是別「人」，而是空間；一種欲望辯證的可能性，狂喜偶發的可能性；不是準備好去玩現成的遊戲，而是等待或許有可玩的遊戲。
一〇、沒有所謂「第一次」的閱讀。我們被迫在所有的地方閱讀相同的故事。
一一、如果我決定視你爲一道力量，而不是一個人？而我則是相對於你的另一道力量？或許會這麼結果：我的他，將只能如此定義：他是加諸於我的痛苦或快樂。
一二、我想要一個凝視的歷史。因爲攝影就是我以他者的面貌出現：自我認同意識交錯纏繞分化。
一三、是「我」總和我的形象不符合，因爲形象是沈重的、呆滯的、頑固的（正因如此，社會才如此依附形象）。而「我」卻是輕盈的、分化的、零散的……唉！我是被攝影判了刑了。誰自認拍得好的，總有個臉色：我的身體不可能回歸零度……。
一四、這就叫「恐怖」：對我最愛的人之死，無話可說。對他的相片，只能凝望，而無法深入，或轉化。我能擁有的唯一「想法」就是在這第一個死亡的盡頭，我自己的死亡也已烙下印記。二者之間，除了等待，還是等待；我除了這反諷之外，別無資源：只能說「無話可說」。

不愛女人的男人

在威廉參孫所著《普魯斯特》不掩主觀評判的筆下，法國現代小說的代表，普魯斯特，顯得極度脆弱。常年臥病、氣喘，窩在「永不通風的惡臭房間」，不修邊幅，「可能會打白領結錯穿晨禮服去赴晚宴」。從實證考據的生平資料解釋作家的創作，參孫平視文學大師，時刻強調普魯斯特與《追憶似水年華》的現實性與普遍性：「這種生活時時刻刻存在每個人身上，不只有藝術家而已」。普魯斯特也是一個凡人，《追憶似水年華》「不是唯美主義的論文，敘述的不過是從童年到中年，自己的生活經驗」；若要說偉大，普魯斯特與眾不同之處是：他寫的不完全是自傳，「而是經驗濃縮成虛構的小說」。

威廉參孫並不從語言去談作家與作品，欣賞的角度端看作家如何在浩瀚如巨大壁畫的作品上構圖，藉由光影色調，栩栩如生表現生命令人感動的時刻。《在斯萬家這邊》，小男孩在通往斯萬的東崧維爾豪宅的山楂花小徑上，遇見了身穿圍兜、長著粉紅雀斑的小女孩吉兒貝特——初戀的神聖時刻！然而，同一條路的另一刻時間，卻碰上一幕女同性戀的場景。另一條通往蓋爾芒特貴族城堡的小徑，則長滿水生植物和紫羅蘭，看到一個神祕的垂釣者，在渡假屋裡的神祕女子……。童年回憶與貴族生活，世紀末沙龍與藝術批評，時光流逝，期待勝過佔有……等主題，之後，本人亦是小說家的威廉參孫感性地寫下他最受啓發的審美經驗：「我們眞的覺得他的追尋是值得的，他對逝去時間的探索終於圓滿。其中的過程照亮了我們的生命。我們記得引發回憶的平凡屋內響聲、水管的歌聲、中央暖爐的咳嗽聲、火爐裡燃燒木頭的味道、上漿過的餐巾摸起來的觸感，我們不知未來是否還會從生活瑣物中重拾這些珍貴的回憶……。」威廉參孫對《追憶似水年華》的評介可說十分生動扼要。

也許因普魯斯特影響，在生平介紹部分，參孫採重點跳接式描繪手法：一生之作、氣喘、貓頭鷹臉、幽默的一面、顯微鏡vs.望遠鏡、勢利、排擠、與眾不同的怪人、普魯斯特時期的巴黎、身世、母親……，從這些標題看來，可知參孫意不在提供鳥瞰式全景寫實、快速有效的生平介紹。編排不以時序，而採小單元跳接，標題之間亦不見得邏輯。《普魯斯特》說是傳記，其實更像小說人物的考據。從作家與作品的關聯來看，讀者獲得的樂趣，是比較八卦的：語調幽默輕鬆、資料豐富精采（看：生活裡的同性戀人阿戈斯提奈利如何轉化成小說中敘述者馬賽爾癡戀的女子阿爾貝蒂娜。）但對普魯斯特不熟悉的人，恐怕就有點距離了，礙於資料太細節，沒看過《追憶似水年華》的讀者恐怕對不上提到的人物，而失掉現實生活和小說情節之間對照的樂趣。

虛實對照之外，參孫在背景資料的處理，亦見小說家凸顯場景的功力：「普魯斯特應該算是住在二次世界大戰前建造的大型豪華水泥與玻璃公寓裡，新穎而無懷舊風。如果普魯斯特使用『現代』一詞來形容建築或物品，他通常指的是新藝術（art nouveau）形式。十九世紀末法貝傑（Fabergé）設計的珠寶退燒（台灣較熟悉的是珠寶蛋飾），拉利克（Lalique水晶飾品著稱）和第凡內（Tiffany）登場。」類似的描繪使我們對普魯斯特所處的時代有貼進現今消費世代的親切感。

除了典故，對人物的分析，參孫亦有頗具啓發性的獨到見解：「普魯斯特在他自己的現實生活裡，出身巴黎市中心的富裕家庭，並在社會邊緣人的環伺下成長。他偏愛具有美學價值或是有秩序的族群，而不喜歡不合群的窮人，波西米亞式的下層階級。他跟作風開放的富人一樣落入常見的陷阱，以爲接觸過幾個傭人、侍者、店員、漁人就足以了解整個勞動階級。」至於情感的評論：「在和女人的關係裡，他選擇的是不可能的愛情：比他年紀大、社會地位高，或無法見容於社會的交際花；再來就是訂婚女子或朋友之妻。原因是他樂於一手導演被排擠的孤絕境況。二十二歲之後捨女人就男人的原因雖不可考，但總跟孤絕心態有關，樂見自己因特殊身分被社會排擠。」

另外值得一提的是，這本書蒐集到的圖片資料爲文字增加了許多收藏價值。無論熟不熟悉普魯斯特，透過圖片，都可一窺十九世紀末的社會人文景況。

品味普魯斯特

一個愛爾蘭友人，提及品味的養成，說：「年少時，家裡晚餐前固定的晚禱，就是每人輪流唸一段普魯斯特的《追憶似水年華》，幾年下來，就這麼給整套唸完了！」

當時正苦修普魯斯特專題的我，吐了吐舌頭，心底萬分詫異：竟有人能如此「日常生活」地「品味」文學，而且是那麼嚼舌拗口的Proust！

品味在台灣，似乎在意的只是味的「品」（等級），總不免跟高級、稀有、尊貴畫上等號，多少是要花些錢的；跟日常生活的文學賞析之間的聯想，距離如星空般遙遠。友人稀鬆平常的往事在我腦海中變形成另一幅畫面：晚飯前，每人輪流展示進出精品店所獲的名牌標籤。這當然有些自嘲，但多年後，這本中譯的《星空中的普魯斯特》（Proust Among the Stars）卻讓我改變了想法：普魯斯特本人或許並不會對上幅畫覺得太過突兀甚至蔑視吧！根據作者鮑義（Malcolm

Bowie）的評析，具體的物質是Proust品味的要件，就文學藝術而言，和商品之間並沒有絕對對立的區別。貝多芬或咖啡香頌精選，波特萊爾和世界情書全集，林布蘭或街頭素描剪影……藝術和商品的差別，並不完全取決於物件、對象本身，而在品味者「品」的過程中形成。

「品」之爲動詞，即意識對某件物品，某個對象產生鑑賞分析、區別思索、眞誠享受的欲望，使平白之物、素昧之人在心思浸淫之下活脫成眞正的欲望之物（object of desire）。在「品」味的過程中，鮑義掌握了普魯斯特跨界語言的特質，將審美的心靈活動解釋爲精神性靈和物質肉體不斷相互干擾、運作的流程。文學藝術因而不是同質化或純粹化的哲學語言，而是紛擾駁雜的驅力四處蒐尋可供形塑的具體線條、色彩和材質。普魯斯特在文學藝術的描述、表現或討論上除了借助科學知識外，更常尋例於技藝工匠：

> 她的臉變形了……雕塑家用的是我們未曾見過的模子，讓我們認不出她來。這個雕塑工作接近尾聲時，外祖母的臉不但皺縮，同時線條更加明顯。她臉上有橫七豎八的脈絡，材質不像是平滑的大理石，而是粗糙的岩石。

鮑義指出，「普魯斯特在整合藝術觀點時常使用一種表現技術層面的語言——作曲家思索音色，猶如木匠在想他的木材，或屠夫瞧著肉品。」「品」的趣味，就在各人巧思用心之下，將萬象雜物化約形塑成「幾何圖形」——鮑義提及的意義形貌，或曰結構，如書中如此品味女人：

正如極高的溫度可以將原子結構拆解，反序重塑，變成另一種結構，藝術天才也是，這個女人刻意爲自己雕塑線條，每天出門前，在鏡中嚴加審視帽子傾斜的角度、頭髮的光澤和表情，日復一日，希望這些美麗、和諧的線條能長存。但大畫家的銳光頃刻之間就把這些線條打散、重組，以表現自己心中的女性美。

就像理想服飾和實際身材之間永恆的牽扯、衝突，品味的過程中，心思與物質的交互作用衍生交疊多重的趣味與形象。如果說生命的動力來自排山倒海的情欲，藝術文學便如乾燥風化的景觀。在澎湃曖昧與精確嚴謹之間，「Proust的散文就是緊繃在兩種思維中間的繩索。」品味必須以物質爲基礎；而物質也因品味而更具體。小說第一人稱敘述者Marcel，上看十九世紀貴族的落寞，下看平民的窮困，以「中間物種」的角度審視日常生活的點點滴滴；而作者普魯斯特則在工筆寫實與結構幾何之間，探索藝術文學的眞貌。至於鮑義，可說在矛盾修辭（oxymoron）與對立概念中間的靈動點上，紮實地展現了普學研究的深厚功力。在心靈與物質相對又依賴的互動關係中，生命裡一股難解的律動常使原本以爲固定的意義結構，刹那間失衡瓦解。世事移轉，一如味之品賞，常在偶然的邂逅裡改變了欲望的方位和對象。從這樣的角度來審視時間、自我、政治、道德、性愛和死亡，普魯斯特說：「社會像一個萬花筒，轉動之後，原本我們認爲不變的基本元素出現了全然不同的排列方式，構成新的圖形。」而鮑義的Proust亦如天空中湧現的繁星，在欲望之物的移轉換位之間，靈光乍現。《星空中的普魯斯特》，一本深具啓發性的參考書，令人尊敬、少見的、用功的中譯本。至於普魯斯特到底是誰？寫了什麼？或許，那一個靈動的晚餐前，翻一頁似水年華，唸一段，品味品味……。

這樣的莒哈絲，你想寫她什麼？

我必須儘快將事實記錄下來：山裡風口的銀光、停車場的霧、車窗外的竹葉、掌心的溫度；還有，還有褪色的金蛇聖母。幾乎用上了雕刻的力氣，記下來，記下來。一格子一格子仔細地，製成標本。如同十二歲起便累積至今的日記，安全地鞏固著昨日生命的墓穴。

我太不相信記憶？文字記載的當下，近大半的喜怒哀樂，甚至具體的面容，都模糊了，消逝了，竟像沒有活過一般：「好逼眞的想像？」我總是佩服寫自傳的人。彷彿每一個「現在」都像彩色珠子一樣，可以串連成完美飽滿的項圈，映著陽光閃耀，一顆一顆數著，或是告白，或是懺悔。有學問的，像聖奧古斯丁之後的盧梭，則拿來闡明、解釋一個理論。

「傳」的籌碼，是眞實。記憶的忠實與完整，歷史裡主體構成與現實的。但是我，對於經歷過的，有太大的無力感，過於精細的，幾乎無法生存，而爲了生存，必須媚俗（媚俗起源於無條件地認可生存——米蘭·昆德拉)。媚俗的基本是大眾的認同,共同的記憶沈澱的共同歷史,即使是我自己的歷史。然後,有身分、性別、族裔、國家……。毫無條件地接受記憶(我們中間沒有一個超人,強大得足以完全逃避媚俗。無論我們如何鄙視它,媚俗都是人類境況的一個組成部分——《生命中不可承受之輕》)。那麼,對抗記憶的方式呢?(媚俗一旦被識破爲謊言,它就進入了非媚俗的環境牽制中,就將失去它獨裁的威權,變得如同人類其他弱點一樣動人——《生命中不可承受之輕》。)

拆穿,或是遺忘。昆德拉是拆穿,莒哈絲則是遺忘。遺忘記憶,記憶遺忘。

先聽故事?我的版本是這樣的:

羅兒和未婚夫參加一個舞會。最後來了一對母女。未婚夫像著了魔魘似的,不能不上前邀請母女中的女兒跳舞。

他,眼神垂落在她肩膀裸露的地方。

她,個兒較小,直直地只是看著遠方。

他們一句話也沒說。

一支舞結束後,未婚夫按習慣回到羅兒身旁。但這次,雙眼盡是懇求,懇求成全。羅兒笑了笑。

第二支舞結束後，未婚夫沒有再回到羅兒身邊。從此以後，安．瑪麗．史特德兒和米雪．理查遜便再也分不開。

羅兒離開了。另外結婚，努力生活得快樂。十年後，重回舊地著了魔魘般對安．瑪麗．史特德兒的欲望。渴求眞相，渴求欲望的眞相。

十年來，羅兒不斷回憶。可以快速前轉、倒帶、定格，細緻地營造當時的氣氛。延長、縮短每一景、每一幕，直到想像裡再也分不清眞假。眞相被重複排列、重組、修改、遺忘。

眞正幕後的一雙眼睛：莒哈絲看著賈克看著羅兒看著未婚夫看著安．瑪麗．史特德兒的欲望，這就是愛情——渴求別人的欲望，或是渴求「別人的欲望」。在窺視中，「我在遺忘裡被記起：怎樣的魔魘，可以在一支舞後忘記一個人？」

莒哈絲一九六四年的作品：《羅兒．范．史坦的狂喜》（Le ravissement de lol v. stein）。

想寫莒哈絲，很想寫莒哈絲，爲了一句她說的話：費德兒（Phèdre）有罪，並不是因爲對繼子產生了熱烈眞切的愛情。她有罪，因爲禁不住煎熬表白了心聲後，將不可能之愛的純粹硬是拉扯到現實生活裡，變成了醜聞。

這是什麼道德宣言？還是另有一種信仰？

純粹的愛情是無辜的，但正因爲無辜，所以不可能。不可能，意思是不可實現，不可能在現實中實現。

莒哈絲特別著迷愛情的不可能。因爲不可能，欲望永遠無法填補，才有書寫的空間。書寫生活裡的不可能，生命的悲劇性，欲望的壓抑與爆發——存在的最基本形式。

生活裡的經驗，是寫作最根本的出發點，但是我寫的和我的生活之間有什麼關聯？反映？模擬？都不是，生活裡經驗的，身體承受的，是寫作材料的來源，但是必須經過沈澱。鮮明的色彩隱褪，逐漸在意識最幽深的混沌中幻化爲想像界的幽靈。然後，有那麼一刻，在遺忘裡重新浮現。意象、文字的影像，鑲嵌的是生活經驗的消逝。是回憶，卻是遺忘衍生的回憶，是書寫永遠無法填補的空洞。唯有生命裡最頑強的欲望，一如輪迴的魂魄，幾經死亡的洗禮，仍能從幽冥的最深處，掙扎著讓黎明記起，但記起的又是什麼？

莒哈絲從一九四三年，第一部作品〈不知恥的人〉寫來，一直都繞著這些主題：欲望、回憶、死亡、寂靜……。文字，是她生命最眞實的烙印，在欲望不能不抒發那一刻，保留了生命消逝的空白。

「讀讀她的自傳吧！從一九八〇年的《情人》之後，她的表白、她的懺悔、她的記錄。」

「自傳?她所有的文字,都已經是自傳。」

「她想知道的,是對自己和對他人的認識到底有多少?不是表白、記錄、懺悔,解釋什麼理論,支持什麼主義,反映什麼時代精神。」

「哦?是嗎?」

什麼是寫作?像婚姻,有個特定的對象。

事先計畫好要寫的內容,決定一個形式,整理好資料,動筆、修飾、完成。頂多,次序稍稍變換一下。但大抵總是有個計畫的。自傳、回憶錄就更是如此了。時間順序之外,要有證據可尋。至少,得訴諸某群人共同的記憶。一生,有頭有尾。寫成一本書。然後說:這是我,我的一生,或者,我的童年。我的愛情。

什麼是書寫?像愛情,不知何時何地何人,什麼結果。

莒哈絲說:「如果事先就知道要寫什麼,那永遠寫不出什麼。根本不用寫了。」

前者依恃的是想像力(imagination)。影像堅實地反映意識活動的旺盛飽滿。後者卻放逐在意象界(imaginaire),在影像出現之前,在意識力量的更後面。更直接,卻是最晦澀、赤裸,卻也是最深奧的表達——比喻成瘋狂、魔魘,或許更恰當。

賈克的魔魘、羅兒的魔魘、未婚妻的魔魘、莒哈絲的魔魘。那第一眼的接觸到底是爲了什麼迷惑？

莒哈絲在一九八〇年的〈綠眼睛〉（電影筆記）裡曾出示證明，指出安・瑪格麗特・史特德兒確有其人（原名Elizabeth Striedter ）。她是殖民地的官夫人，優雅嫻靜，但是在隨丈夫調職離開後，一青年男子竟爲她自殺殉情。

女人奇特的影像猶如魔魘般，「開啓了我書寫的欲望」，從一九五〇年的《太平洋防波堤》，一九六四年的《羅兒・范・史坦的狂喜》，一九七三年的《印度之歌》……到後來一九八四年的《情人》，幾乎每一部小說裡都會出現這個影像，或是第一主角，或是驚鴻一瞥。「爲什麼她對我的吸引力如此之大？我也不知道，該由讀者去說吧！」莒哈絲在訪談中曾回憶：「也許……是在她身上看到了一個女人的原型。一個平凡的妻子、母親，卻潛藏著死亡的力量，能誘使人走上死亡之途……。」

魔魘纏身該如何？像羅兒一樣吧！重複、排列、重組、修改、遺忘，直到想像裡再也分不清眞假。

精神分析大師拉崗在一九六五年看了「羅兒」改編的戲劇後，爲文致意：「瑪格麗特・莒哈絲寫來的竟和我想宣揚的理論不謀而合！」

莒哈絲未必接受。但是，有一點是確認的：現實的眞實竟不在現實裡。所以，Phèdre是有罪的？因爲在現實裡執意追求不可能的永恆？是有人將莒哈絲比同十七世紀悲劇作家拉辛。

終於，莒哈絲在《印度之歌》裡解決了安・瑪麗・史特德兒：讓她在幾經情欲蹂躪後，走入大海中自絕生命——「之後，我不再寫小說」。開始了莒哈絲大量擁抱電影、電視媒體的生活方式。直到一九八〇年後，青年學生楊・安德亞走進她的生命。以世俗眼光無法置信的愛情，M.D.再度宣布，「電影結束了。我要再開始書寫，回到出生的故鄉，回到已離開十年的駭人的工作⋯⋯。」一九八四，安・瑪麗・史特德兒又出現在《情人》裡⋯⋯。

莒哈絲到底是誰？世界上沒有其他現代女作家的作品，被譯成那麼多的語言，被那麼熱切地討論。

生於一九一四年四月四日。原名：瑪格麗特・多那帝兒（Donne-à-dieu，直譯：獻給神）。父親去世，母親帶著二稚子、一幼女在法屬印度支那辦學。曾經，寡母花費半生積蓄卻買到半年泡在海水裡的鹽漬地，備受欺凌，瀕臨精神失常。少女回憶：「我從來得不到她的愛⋯⋯母親偏愛大哥，我到了八歲，仍然不會寫，不會唸。」

因家貧而自卑，因白種而優越。在殖民地成長爲女人，曖昧的自我認同，怕像母親一樣癲狂的恐懼：直到十八歲，莒哈絲才離開這塊「母親的土地」，回到法國。

結婚。一九四三年出版第一部小說。

離婚，再嫁。住巴黎聖・貝諾街。與共產黨友好之文人作家來往密切。

第一部暢銷小說《如歌的中板》，一九五八年賣出五十萬本。

一九五九年，與亞倫・雷奈合作《廣島之戀》。劇本創作期。

七〇年代，繼「新小說」標籤後，被歸爲「女性主義作家」。從不承認。大眾文化親密期。主持或接受訪談。酗酒。幾乎喪命。

一九八〇年，遇楊・安德亞。自傳體書寫再創寫作高峰。

一九八四，《情人》獲龔古爾獎。

之後，多本小說作品。一九九六年三月三日，逝世。

莒哈絲說：「想寫我嗎？想定義我嗎？可能得先冒個風險。」賭注：「在我推翻自己的賭注裡，我拆解了曾經成就的一切，這就叫——前進。拆解曾經成就的一切。」

不斷否定，不斷重生。不斷後退，不斷前進。但這樣的人生不被現實允許。在現實生活裡，必須累積，必須成就。雖然成就累積的，其實是愈來愈靠近死亡的距離。

「我人生的歷史並不存在。或者說，其實只是文字而已。我人生的小說，有，但不是歷史。」（法文裡histoire，既是歷史，也是故事。歷史，失去了當下的生命與時間，留下來的，不都成了故事嗎？）眞正能「存在」的，恐怕只有身後的文字吧！書寫，不同於寫作，目的不在表達，而是一種存在的方式。「魔魘，不是選擇來的。」

或許可以這麼說：書寫者，是上帝死後，被遺留在廟堂上的神祇，雙臂高舉，卻無力命名。莒哈絲、白朗修、巴岱儀、貝克特……都是。他們書寫，不是以行動成就一部作品，來彰顯自己猶如上帝般創作者的命名力量；他們書寫，是因爲困頓在凡人生存的處境裡，接受、掙扎，所以高貴，所以美麗。

這樣的莒哈絲，你想寫她的什麼？除了她的文字，你什麼也沒有。所以，我必須儘快，將一切記錄下來。

故事發生在光和空間裡

我取出相機，但不是爲了拍下空地廢墟中的一面高牆而已。那些破碎舊牆壁就像是邊緣參差不齊的浮冰，夾雜在一艘四桅帆船碎裂的橫樑間，融入北極耀眼驕陽下的一場船難中。漂浮的貨物中，有一只浴缸停靠在一邊露出了側面，排水孔中冒出一株孤苦伶仃的小柏樹。吸引我的不是那面牆，而是那裡面的動作。頭頂上正午的烈日強光照得眼前一片白花，我能看見的只是牆中間正在分裂，慢慢地形成一個噘嘴的模樣。

有一個東西正撥開那噘嘴般的裂縫，從牆中走了出來，竟然是一個她。

——《梵谷的背德酒館》

「那頭髮像極了一團紅色肉桂樹叢」的女子，是男人生命底層無法限制的創動力，引誘以生命爲代價，追求藝術的終極境界，一如她的愛人……文生梵谷所說：「想辦法把月光困在硬厚紙板做的盒子裡」。若說男人要的是「一抹稍縱即逝的晦暗」，她則「追逐永久和固定，利用光和影構起永恆不朽的金字塔」。這不見得是性別的差異，但烏蘇拉，我稱作創作精靈的她「一直都跑得比較快，總是第一個。她的藝術來自不同的地方，不容於那個時代」；她代表的是世代之前的，那時代不懂得的美麗：「我要的不是故事；我要的故事發生在光和空間裡。」

她是沉溺在嗎啡裡的背德的精靈，也是紅髮的文生梵谷沉溺的愛欲，那濃烈竟與對上帝熱切的愛不分軒輊。到底是上帝的眞善美，還是烏蘇拉的任性野性與人性，才是創作的神祕終極？或者，創作的眞相，亦不過像對愛情的炙烈追求，亦步亦驅的追隨中，意識到永不可得的圓滿與永恆的懸念？文生梵谷，在誠心服務、滿心虔誠的生命裡，藉由畫作想要表達的，是什麼樣的心境？而現實，在他畫了七百幅作品之後，才回報他賣掉一幅的肯定。我眩惑於他各種顏彩的自畫像，那熱切的疑問，彷彿要把自己狠狠地化成一個無解的問號。

一個滿心虔誠佈道的畫家，敲開門，「把自己送給其中的一名妓女。她的頸子有一道猩紅色的月，而他的手上卻是一條血淋淋的毛巾，包裹著他耳朵的一部分。」烏蘇拉並非這個妓女，她是文生不以爲然的渴求，文生無法掌握的神祕。他們同住在奧維斯的小屋，「不過她常常跨出門檻，讓自己置身於安全範圍之外，在荒野地區中小睡。在那裡，文生無法保護她，無法防止她那放肆的自我出現，呼喚她到森林裡去，甚至於走到墓地。要了解文生，或許我們得要從對烏蘇拉的愛戀談起……

文生曾生氣地罵她：「遲早會被毒藥淹死。」但他如同往常一樣，誤解的意思，將她話中的意思看得相當膚淺。畢竟在愛情裡，一如在烏蘇拉的創作美學裡，「死亡並非所求，她要的只是甜美的結束。」「上癮，是一種欲望，就像花草需要陽光，根需要水分。」即便，嘔吐或宿醉，也只是神經需要平靜的另一種說法。相對於烏蘇拉，文生對自我的陌生，和男人不識女人的性靈一樣。當烏蘇拉如大麻的醺煙消失，當烏鴉的叫聲此起彼落，意識失去欲望的焚燒，孤獨變得冷漠。我曾站在那幅最後的畫作之前，因重重壓在心頭的絕望，哭不出眼淚。文生拿起烏蘇拉的左輪手槍，子彈輕輕砰的一聲，跟隨烏蘇拉的臉，沒有視覺記憶的微笑，「一如女人恥骨的毛皮，融化在時間倒轉時產生的白光。」

這是一本看起來像畫的小說，或，更像散文；有些段落則充滿詩意。敘事者「我」，一個二十世紀紐約的攝影師，透過烏蘇拉如藝術精靈般超現實的聯結，成爲文生梵谷跨時空、如鏡面內外反射的心靈密友。你將跟著「我」跟著那女子，穿梭於美國西部與巴黎、奧維斯與聖諾米療養院之間。不求故事的眞實性與合理性，詩般的語言、夢般的意境、如飲酒般醺然地閱讀。循著他們的步伐，逐步靠近背德酒館，看他們看到的：畫家的創作理念與實踐、困境與熱情；看到藝術對照現實的幻影與形變。祈求美的終結者，上帝，能夠現形……這是藝術家創作生涯的宿命。

你不妨，以微醺的心情，回到那世紀交錯的時代，翻開這一本如詩如畫的文字，潛心閱讀。

也許，烏蘇拉將再出現，從那牆的中間。

因為叨絮，使得波娃迷人

西蒙波娃，是個叨絮的作家；無論是《回憶錄、第二性》或是更早出版的這本《美國紀行》，有時不免令人懷疑：那麼多的感受和細節，需要多勤快的筆記或多驚人的記憶力啊！但正因爲叨絮，使得她迷人。混合了孩童的稚氣、女人的熱情與知識分子的冷靜，筆調變化眞切。閱讀西蒙波娃就像面對一個時而嬌嗔、時而癡迷、時而理智，但不時侃侃而談的友人。

在《第二性》尚未出版以成自家之言以前，《美國紀行》時間推回一九四七。脫離巴黎與沙特身旁，西蒙波娃來到初見面的美國。當然，就一個存在主義的宣揚闡釋者而言，意義是重大的。我們必須從政治氛圍、文化性格、社會議題、種族主義、性別意識等，大塊大塊地來切割、分析一個法國知識菁英領導者對於這麼一號超級強國所持的觀點與看法。從這層面評價西蒙波娃在《美國紀行》的表現，若不說是她最佳代表作，卻絕對是極重要的作品。針對美國這樣一個實體，見識到西蒙波娃作為優秀的知識分子，在兩種文化系統之間犀利準確的中介對照：比較、分別、界說、質疑、照見他人、反身自省；不在表相牽強附會，而是深入肌理、抽絲撥繭。四個月後，她評斷美國的樂觀主義，至今半世紀以後，情境固然有別，卻仍一針見血：

美國人討厭質疑自己與既存世界。他們需要相信善惡截然二分，而善是可以輕易激發的。他們從未想過被迫與邪惡同一陣線的情境，拒絕與惡同行，這是對抗邪惡的唯一方法。理想主義者的想法是：只要盡力運用本質健全的制度，邪惡就像殘渣一定可以逐漸掃盡。不然，就製造出「人造膿瘡」，防止感染擴散將之局部化。

若說主體必須在他者凝視下方能成形，波娃相對於其他階級、其他種族、其他國家的自我定位，無疑是十分清楚的。和許多法國知識分子一樣，「這個沒有太多文化的超級強國很值得考察一下，看看他們的問題出在哪裡」。只不過，在兩相評比的同時，波娃對自己同胞的批評，下手亦絕不留情：

他們不與美國人交往，高高站在千年文化的優越情結上，看低、羞辱美國人；又或者，他們對美國人卑躬屈膝，內心深處卻確定法國的精緻與文化優於美國，以此自慰……美國人自然活潑和善，毋需刻意追求與眾不同……喜歡美國人無話可說時的沉默，勝過那些優雅的漩渦以及像虛妄鬼魅般不停逃竄、又墜入空無的花巧言語。也喜歡木然的臉，勝過機智抽搐的法國臉孔。

波娃紮實的哲學根基使她在分析比較異同時，能快速掌握邏輯差異、縱橫度量思維模式。但，我閱讀此書的愉悅來自兩個文化世界的邊界，更幽微、細膩之處，屬於更意識邊陲的感受；脫離舊有的感知系統，而新的象徵意義尚未成形的細枝末節：

我以初入教者的好奇投身其中，這是必經儀式。我對自己說：「這就是紐約。」卻無法全然置信。沒有橫木，沒有軌道，我尚未找到自己在地面上的足跡。這個城市與巴黎無法像同一系統的兩個元素般連結，它們各有自己的氛圍，無法一致，也不並存。我無法在其中自由轉換。我已不在巴黎，卻也不在此處。我的存在彷彿是借來的，人行道上並無我的立足處。像個鬼魂，我能復活再生嗎？

這一段文字深刻眞誠，以當時在巴黎的名望，波娃踏上紐約的一剎那，卻像回歸生命初始般的原始狀態，期待異地重生，驚懼混同喜悅：

童年後，我便不再體驗過這樣的光輝熱望。好似我幻想中天方夜譚裡的所有珠寶都在眼前；所有我不曾進去過的遊園會攤位、旋轉木馬、魔法城月之宮全部集中這裡。

境外的地方，可能補足、改善；可供發洩、解放；可以擴展、征服。他方，是再次認知自我、定位自我的更大的可能性。但不知為何，我卻讀到她迷失自我的渴望？等待一個令人驚懼的存在，意外出現！即便是細微如美容院裡的安全感：

我去美容院洗頭感覺不再那麼無根。我與她的手眞實接觸，不再是個鬼魂。吹完頭髮，她用一塊磁鐵將我的髮夾吸出來，這些小把戲令我驚奇。

在正經八百的訪問行程中，隱隱然潛藏著從既有的文化、社會、階級出走的想望，目的在結論成果之外，發覺自身認知能力之外的、無法理解的陌生與未知。波娃的步履即在漫遊時，都因思想過度顯得沉重。她的叨絮某些時候甚至顯得急迫，彷彿要藉意識的緊密連續塡補虛無的空白。她說：

這一次，巴黎失去了霸權。天啓將在我的經驗範圍外發生。刹那間，我擺脫了那個我稱之爲生活的枯燥事業。我只是個被咒惑的意識，透過我，神聖將顯現。

波娃相信主體直接的凝視將可超越所有的文字障礙、意識形態，以意識赤裸地接觸另一個存在。然而，在新生以前，唯一可供自持的，仍是舊有的認知系統、原有的語言和那語言對應出來的經驗或觀念。相對於確認自我，從自我出走更顯得艱困迷惑。在印證原有的判斷與印象之餘，波娃多次提到實際觀感和原有知識的差異。電影尤其扮演了多次製造錯誤或差異印象的誤導者。在擬現系統與實際現實中間，波娃探問感知經驗的模式亦猶疑在知識的思索與感官的直接反應之間：

我不能以文字捕捉紐約，我根本不想捕捉紐約，而是要讓它改變我。文字、意象、知識、期望，統統於我無助，宣稱它們是眞是假，也無意義。你不可能挑戰此間事物，它們存在於另一個層次，它們就是存在。我看了又看，像盲人初見光明般訝愕。

但終究在意識的凝照下，波娃眞不關心文字影像在形塑意識形態或反向被形塑的影響，細節上，則看到評論屢屢凌駕感知的思考模式：

隆冬季節，我在街上卻看不到穿平底鞋的女人。服飾過於鮮豔，餐廳裡鏡子地毯太多，食物澆醬與楓漿過多，走到那兒暖氣都過熱。富裕過剩，也是一種詛咒。

藥房是美國異國情調的精粹。殖民城鎮或西部營區的舊式雜貨舖遺蹟。在這裡，乳霜滑如乳脂，肥皂多泡。它們的實在是種早被遺忘的奢侈。

波娃大部分的觀察敘述仍是冷靜自持的，一如來到異國代表法國菁英知識分子應有的風範（對美國知識分子相對其社會所持之角色態度，女大學生的愛情婚姻觀念，以及黑白種族的緊張僵持，均是不容錯過的精采部分）。屬於論述的部分固然精采，但我執意尋求她叨絮的敘述裡，只容記憶，卻無從評價的驚奇、迷惘、恐懼；甚至於矛盾於存在意識之外，那無從選擇的選擇，令我深深著迷的、無法歸類的不明所以。也許是因爲看見了此書框架之外的、記錄隱藏的其他吧？

從遊記的角度，我挑出她對城市的描述，以及公路上所見所聞：紐約、波士頓、洛杉磯、舊金山、芝加哥、紐奧良、華盛頓，「美國的每一州與每個城市都有自己的驕傲與敏感處」。但我更好奇的是，城市相對於她內在宇宙的象徵意義：

紐約很大，但街道設計很清楚。洛杉磯則是疏鬆，但芝加哥是稠密厚實。房子像是用尚未發酵的厚麵團做成的。窒息、悲劇卻富幽暗詩意。黑是它的顏色……驕傲、顯眼，一如無煙煤塊表面的顏色。

五月重訪芝加哥，作家納爾遜艾格林（NA是他的代號）帶波娃逛遍了下層階級的酒館、脫衣舞廳、死囚牢、屠宰場、貧民窟、精神病院。也許，是波娃內心深處的渴望，迷失在炙烈狂亂的愛欲中，終在這個具象的城市裡和艾格林迸發愛情火花。也許，只是因爲在波娃旅美期間，沙特與之前美國行邂逅的醫生之妻正在巴黎纏綿，因擺脫不了情人，要求波娃延遲歸期，於是才有後續和艾格林如魔法般的戀情：

是魔法將我帶到了此處，也唯有魔法，才能讓我離開這個地方。從未有任何城市以如此不可解的氣氛包圍。我覺得自己比初抵美國那一天還迷失。

這本紀行無論顯性隱性，在在錯綜著兩造（美國／法國，已知／未知）感受認知系統的契約、糾葛、尷尬與矛盾。對照書中二月與艾格林的初識、五月芝加哥的回憶錄，與另處出版的情書，文字的見證，令人欷噓感嘆，更癡戀懸念那曾經眞實活過的、文字記錄以外的生命。敵不過兩地差異與愛情契約相異的認知，這些軼事均無疾而終。艾格林死時身旁伴隨波娃的情書與出遊時撿回的乾枯的風鈴草。而波娃與沙特一生多擾的情愛同志關係，終得比肩同葬蒙巴那斯墓地。人生與愛情同等虛無，唯有文字的選擇，孤獨堅強如死。但不知是否波娃在思想之餘，以生命情感印證的存在主義？

就一本遊記而言，波娃表現的，除了感知主體相對一個空間形成地方感的意義建構過程，以外，更揪心的是流露了一個地方與主體建立某種歸屬感之後，在若即若離的邊界，模糊了自我認知形象的惆悵、迷惘。爲確認自我領域而必須從自我出走的旅程，何處安「家」？跟著波娃遊歷了美國，掩頁桌前，心情竟然一般疲憊：

此刻歐里（Orly機場）已是破曉，海關人員穿著皺巴巴的制服，看起來多老！他們似乎不以法國人爲傲，臉上有種乞憐的表情，薪水太過低廉，他們無法對秩序產生清教徒式的尊敬……。巴黎顯得麻木，街道黑暗憂愁，櫥窗寒酸可笑。暗夜的那一頭，有一個廣袤大陸閃閃發亮。我必須重新熟悉巴黎，才能爬回舊有的自我。

愛詩之可能與愛詩人之不可能

「痞子，娘娘腔，目中無人，自以爲是，好像世界上所有人都虧欠他，不懂好好珍惜這麼一個曠世奇才！」瞪著他一隻銳利的眼，沙特這麼分析：「一切病根都出在他的意識。」你以爲人與生俱來什麼固定不變的本質嗎？生而爲「天才詩人」，而一生的成就只是成堆無聊的詩，鎮日抱著自戀！何等的軟弱才寫得出這種句子！你聽聽：

我寧願緊握著那崇高的青春女神
一如匍匐女皇腳下一隻陷溺貪歡的貓

沙特徐緩卻沈重地搖著頭，一如公正無私的清明法官，或許帶著一絲「就算你是天才吧！」

的惋惜，如是判決：

「他的罪過，就是把自己看成繆司眼中一隻家飼的寵物，把自己物化成別人觀賞的對象。可憐他終其一生，不過自己眼底，印證所有企圖的失敗。」

可是，我依然愛他。

爲自己儲存一個美麗的老年，我暫且壓抑了翻譯波特萊爾的欲望。重譯波特萊爾、重譯你。等成風華散盡、遲暮白頭。等你生活更趨世俗、實踐更多責任義務。

我仍然愛他，愛他的自戀，他的軟弱，他以無用的詩努力懷疑生命的怯懦。

「可是，他永遠是個問號，永遠懸盪不安。創造的只是鏡中幻象，躲在文字裡呻吟，還美其名說什麼創作是力量，他說創作是自由。可是那自由，就像水中撈月，費盡力氣，卻總是成空。」

你模仿沙特的語氣開始訓斥我。

我懂，你懷疑行動以外任何先驗的自由，然而，正因爲生命虛無，我寧願固執也懸置自由，正因爲生命虛無，我所有的行動結果只服務了現實的安適。爲自己儲存一個美麗的晚年。我的自由，是熱情的抽離，意識的回頭。承認「現在」都已經是「過去」。於是，看見自己墮落的姿勢，一如貪歡陷溺的貓。

我知道，沙特當然不會善罷甘休，他寫了一整本書來批判波特萊爾，生命既然虛無，行動就是化虛爲實的生存方式，批判則是行動的最高指導原則。凡知識分子，必以糾正世人價値標準及行爲模式爲職志，確定選擇一個立場，界定自我和他人的關係，則是每一個人的責任。

大戰後，法國籠罩在舉發親德「法」奸的肅殺氣氛中。所有的人都被逼著表態——必須把那些德國僞政權下張牙舞爪的走狗一條條拖出來斃掉，把異己送上斷頭台，一向是法蘭西革命精神最徹底的表現。在審判法庭上，在演說文宣裡，沙特的聲音永遠是最最有力的。清明的意識，永遠依靠明確的善惡賞罰才得反映。你說，他怎能容忍波特萊爾左右搖擺，曖昧不明的道德觀念？

「無論何時、何地，都必須依靠神祇與先知，將美德導入俗暴的人性之中，若單靠人類，這美德是絕對發明不出來的。」

光就這一段沒出息的話，就可以治那詩人重罪了！拿紀德來比較吧！紀德乾脆擺明了自己是個壞胚子，徹底與世俗標準決裂，自創善惡分別——這種自我解放乃出自於選擇。行動成就了紀德的清明意識：好、壞，都由「我」承擔；「我」敢做敢當！這可不是波特萊爾可以評比了——人本主義以人爲始，以人爲終，我就是那神祇先知！

波特萊爾怯懦，屈身在世俗標準裡，把自己歸類到罪惡那一方！「他在紅塵俗世裡以墮落反抗眾人的道德。愈是墮落，其實，愈表現了骨子裡對世俗規範的敬畏！」墮落。

你說的一點都不錯，招招都中要害，波特萊爾的墮落的確源自對世俗的敬畏。或者，說得更確切一點，源自對人性敬畏。他的難題就在：可恨的現實若是潰退了，反抗的理由也消失了。詩人被「詛咒」，是因爲注定了必須活在現實裡體驗自己無法被收編的人性——或是說，靈魂。

我辯稱：詩人的缺失，是成就他之爲「詩人」的品質。

不過，我是尊敬沙特的：那樣崇高地相信人性，那樣勇敢地付出行動，即使一切只爲了在虛無中證明自己的實在：好也是我，壞也是我，反正存在毫無原由，而我的抉擇與行動將至少足以否定這莫名其妙的生命。

這使我相信，一切人爲發明的儀式，價値實在只爲掩飾——哦！不！是一種具體的抉擇，讓意識行動中清明認知一個事實：「愛情，明知是虛無的，但在婚姻形式裡，我選擇了責任，以行動否定原本的莫名所以，虛幻縹緲。」這當然是我隨意解釋，聽起來竟像波特萊爾的調調。沙特在否定了存在的虛無後，必須再否定中產階級的道德法規。這是沙特二種層次的「自由」——「不得不的自由」是虛無；「革命的自由」是權力。在革命的自由裡，我將忘卻不得不的自由。所以，他終身不婚。

相較於波特萊爾，沙特自然是「勇敢」的，「成人」的。但絕對是「自戀」的。唯有自戀，才能賦予自身崇高的形象。你說他不愛詩人嗎？錯了，當他在《何謂文學？》裡辯稱詩的語言有別於一般溝通的符號語言時，就可以深切感受到他（或許是潛意識裡）對詩的妒羨——符號物化為意象，而意象還魂為世界；世界裡，詩人是上帝。

因為他對波特萊爾的攻擊太縝密，所有的缺點都恰好是他的優點，讓我確信：沙特很努力地警惕自己不要「墮落」成詩人，更何況，有些作品，如《嘔吐》、《蒼蠅》已經露出不少馬腳了……。

無論如何，我必須宣稱：有一個像沙特這樣的心靈伴侶是十分精采的。跟著他，在恨他、愛他的兩極反應裡，調整自己和他人互動、期待的焦距，而這樣的愛情，竟也和波特萊爾一樣，在我們的世代裡永遠失傳了。手邊只留下，一張素描和一張壞了一隻眼的照片。

然後，我們來到歷史的邊界。

梭萊和克莉絲蒂娃，在雙叟、在圓頂咖啡，在蒙巴拿斯，以智力統御愛情，一如沙特與波娃。「文學」，此時被代之以「寫作」。書寫，牽涉的已不純然是理性，也不再跟意義的表達有直接的關聯——思考主體和文字之間的關係，不再以工具性界定。神祕祭壇，在文字裡，「我」將自己奉獻給一個永恆的困境：為什麼要寫？為什麼還要寫？

尤其，當永恆的眞相，早已棄世離去……。

在超然的理性和冷酷的語言結構之間，尋找主體的定位——如果，主體不再是意義的創造者，而是一個不斷發問的思考者？「在說出來的意義和無法確知的眞相之間的落差，使我無法成功地扮演見證者的角色。編纂歷史，若不是不可能，至少是一種錯置的工作……總有些問題，會把檔案編整誇張成虛構。」

那時，正值一九六五年聖誕夜。克莉絲蒂娃的皮箱裡，裝著白朗修（Blanchot）和塞林（Céline），從保加利亞來到巴黎，加入「Tel Quel」，結合了從雅克愼到李維史托，巴特到奎馬思的結構主義；佛洛依德和拉崗；及針對社會壓力的反省，如巴赫汀。

令人妒羨的際遇。

二十歲以前仍跟媽媽拿錢燙髮，讓爸爸帶著吃飯館的波娃，承認自己，「在理論上」，崇拜強烈的不規則、危險、迷失、肉體、墮落與罪惡。討論起教條的反抗時，被譏爲「裝扮成流浪漢的資產階級」。或許，愈是因爲生活優渥，才愈有籌碼不懂得害怕革命的後果吧？克莉絲蒂娃眼中，沙特和波娃的問題，都在天眞地把社會規範看成是客觀外在的枷鎖，有待掙脫，而忽略了人的內在，其實並不獨立超然於外界現實之上——枷鎖，更可能是無形中早已內化的「內在」——堅實的現實。

平庸的同義字，就是相信，相信擁有的一切，都屬於自己。克莉絲蒂娃不是說嗎？眞相介於肉體和象徵之間：讓子宮的收縮節拍，開始準備你歸化爲社會子民的律動吧！你怎麼可能完全屬於自己？早早切割成一塊塊了、一片片了，零零落落、斷斷續續湊數成篇，接不上頭，找不到定位的，就給漏掉了。就像我對他的愛情，「找不到定位」，排除在責任與義務之外，就這麼給忘掉了。

平庸的另一個同義字，就是把該忘掉的，全給忘得乾淨：比如，我的身體。當別人對你的期待內化爲你甘心情願的幸福；當社會對你的要求制約成你健康正常的生活，我的身體就被平庸掉了。那麼，你將偉大，一如崇高的沙特，開始相信擁有的一切——包括行動和選擇，都屬於自己，並稱之爲「美」。

巴代儀在《文學與惡》(La littérature et le mal)裡批評沙特，說那「自由」整個地把社會現實忽略掉了。人的主體性，不可能脫離社會桎梏而成就：「人，若不是懲戒的對象，就不會眞正懂得愛戀自己。」波特萊爾的意義，必須放在所處的社會歷史中審視。詩人對社會擔負著責任——但，就像某位思想家說的，「責任」(responsibility) 其實是動詞 (to respond)；回應，就是責任的表現。而回應，原本因人而異。在各式的生活樣態、壓制中激發各式回應的強弱動靜。回應不一定是「革命」，只要不是「毫無間隙地貼近」……。

那麼，波特萊爾自貶爲「惡」與「墮落」，固然是承認了世俗的「美」與「上進」，不如紀德的以「惡」爲「美」、爲「善」。但是，詩人的反抗卻更深沈啊！那急欲掙脫的意志，原本是外在桎梏壓縮形塑而成的啊！反抗我生而爲布爾喬亞的意識，也就只能以反抗及否定自我爲唯一的途徑與形式了！無所不在的現實、無處遁逃的「美麗」。

我終於能祝福鮮花與美酒的婚禮——在這長年的爭訟審判之後——並在夜幕低垂時，在眠床上潛遁入撒旦的祕密通道，一如「陷溺貪歡的貓」，在你甜蜜的夢境外面。

「欲望」，是資本主義以理性爲名，賦予生命原始動力的宣洩出口。我們進入一個化裝舞會的世代，在角色扮演中流動曖昧的身分。現在，已經不是「美」不美，「醜」不醜，「善」不善，「惡」不惡的問題了。雖然克莉絲蒂娃仍舊辯稱：「愛」與「美」仍是可能的。當奧菲斯勇敢地跨入地獄，以詩歌開路，以「身」相許？許給優莉蒂絲自我的祭獻，爲的是能在幽冥中結合肉身後再回溯光明的象徵意義。

詩，會是我們的救贖嗎？

這使我開始懷疑：精神分析治療和哲學思考之間的矛盾。爲了「健全」地存活，我們寧可選擇童話。

在眾聲喧譁，爲了審判而寫作的年代；在理性以各式夾槓爲那不明所以的生命原動力命名解義的年代；在社會主體爲了贏得聲名尊敬與認同，將混沌的純粹變形裝扮成各色欲望客體的時代——我只記得那法國詩人的一句話：「被人引述、複誦，就是詩唯一的目的。」（Michel Deguy）就一個詩人而言，對自己誠實，是最完美的寫作態度了，至於揭示了什麼意義，我想，那是框架的問題：以沙特爲框、巴岱儀爲框、克莉絲蒂娃或傅柯或班雅明爲框，怎麼框，就出現怎麼樣的「波特萊爾」。做爲詩人的讀者，若要愛他，得深思的是框架的審視與選擇——令人蒼茫的是，這些幫手的策略，都有過時的危險；要不然，就是多少會捉襟見肘。你知道，我亟欲擁有眞實的渴望如此迫切，使得所有的門道顯得如此片斷、局部而不能信任……。

但他們的思索多麼珍貴啊！至少，我終於意識到痛苦不是快樂的負面，醜惡不是美善的負面，變態夢幻不是健康寫實的負面，而開放多元亦未必是封閉單一的正面。正負矛盾的中界——那產生正負兩極拉鋸排擠納併的能動過程，才是我一生飽受煎熬的宿命所在啊！正如此時，我呆坐在各色書籍的封面表皮之間——「裱」在「婊」「表」之間（知識是一種「裱框」；亦在「交合」各式出口——如「婊」；亦在尋求各式典範——如「表」），面對我筆下的空白畫布，激情之時，無言以對！

我想，也許正因如此，愛詩是可能的，而愛詩人是不可能的。對那樣的眞實，我只能不斷地引經據典，不斷地辭不達意。那麼，請你原諒我，這一場冗長不明所以的審判終了，我俯首宣稱失敗，並以此示威我渺小的勝利。

如海的身世

她，沒有名字，沒有父母，沒有親人，六、七歲被偷走，輾轉販賣爲奴。從北非到法國，從巴黎到波士頓、芝加哥、加州，再回到歐洲南部。潛逃、流浪、越界、偷渡，即使最後得來匿名護照，甚至美國移民局證明，仍沒有任何歸屬感：「我的心還是跳得很快，就好像有人要把我往外丟。我想，這世界上沒有一個地方是屬於我的，無論我到那裡去，人家都會告訴我，這不是我的家，總要我到別的地方去試試。」（《金魚》）無家可歸，沒有過去，沒有未來。如果我們跟著第一個收養她的嬤嬤叫她「萊伊拉」（Laïla）——阿拉伯語的意思是「夜」，那麼萊伊拉的自我就如同黑夜，令她驚懼、迷惑，直到最後回到最初被偷走的原點——沙漠：「像鹽一樣白的街道，靜止不動的牆，烏鴉的叫聲，我就是在這被偷走的，在十五年以前，像是永恆一樣的久遠，被卡奚伊加的一個族人，我奚拉族人的一個對頭偷走，爲了爭奪水，爲了爭奪井，偷我抵償。」

Poisson d'Or「金」魚，決不是養在水缸的小魚。如海的身世，成長，猶如飄泊無止盡的印記：「喔！魚兒，小小的金魚，你可要小心了！因爲這世上有這麼多套索，這麼多網羅等著要捕捉你。」她，聾了一隻耳朵，卻聽得比別人清楚。看得比別人明白，在企圖存活的掙扎中，撒謊、偷竊、耍賴；卻在追尋自我的旅途中，閱讀、習樂、思索。作者Le Clézio讓她隨身帶著最珍貴的書法農（Franz Fanon）——反抗殖民剝削，反抗第一世界壓迫最力的作家、思想家、精神分析家；但影響她最深遠的，卻是老人家El Hadji說的一句話：「最渺小的人在神的眼中都是寶。」自由，宗教，國家，民族，身分與認同，Le Clézio藉由女孩的浪跡天涯，呈現的是法國作家一貫堅持的知識分子省思：當生命成爲各式各樣法規制度、國族認同的壓迫對象，在所謂的文化中，什麼屬於眞正的人性？

你可以很沉重地閱讀Le Clézio，但他的文字卻是清簡、節奏快速的。學校主修法文三年的學生，看原文不需花費太多力氣。但Le Clézio的感官直覺效果卻出奇地強烈，某些段落描寫（如妓院）甚至讓人聯想到波特萊爾（Baudelaire）甚或德拉夸（Delacroix）的異國氛圍：

這些女人都胖胖的，她們臉光明淨，頭髮用散沫花的葉子染成紅棕色。塗了嘴唇，塗成很重的褐色，兩隻眼睛塗著眼圈墨。她們在一間間房門口抽菸，就地盤坐，她們香菸的煙從樓座陰暗的地方飄散出來，在陽光下飛舞。她們講話很大聲，她們都在笑，香菸瀰漫在空氣中，有一股說甜不甜的味道，這味道讓我頭昏。

簡單和感官，原是對立的特質，卻在Le Clézio的作品裡達到迷人的融合，當然，對譯者而言，是極大挑戰。快速中要見細膩，或許是譯文可以精益求精之處。

Le Clézio生於一九四〇，二十三歲就以小說贏得文學獎，擅長以社會邊緣人的角度觀察描述感官接觸到的文化氛圍。說這本一九九七出版的《金魚》是本「文化成長小說」是因爲：從中我們習得另一種不以抽象觀念，而以感官接觸了解文化的方式，並在如此描述中，體會成長（社會化，文化化）的代價。剛從北非來的女孩這樣描繪巴黎：

到處都是狗，大的、胖的、短腿的小狗，有長毛長得不知道牠們的頭在那兒、尾巴在那兒的，有全身毛捲捲的，好像剛從燙髮店出來的，也有理掉毛的，樣子像獅子、公牛、綿羊、海豹的……。有的狗住在高級城區的公寓裡，總是坐在美國車、英國車或是義大利車裡面，也有的是從牠們女主人的臂彎裡冒出來，繫著小緞帶，而且穿著方格子的小背心……。

動物的、本能的文化觀察處處可見。再看女孩自己的生活：

白天我們躲在地底下，就像蟑螂，可，晚上，我們從洞裡出來，我們到處去……。在地下鐵的通道裡，每天晚上都會傳來達木達木鼓的聲音，在義大利廣場，在奧斯特利次，在巴士底，在市政廳，咚咚咚地在地下通道裡四處迴響，有時候聲音很嚇人，像暴風雨呼號，有時候，聲音很輕柔，很有律動，像心臟在跳動。

至於渡假勝地尼斯，女孩注意到的則是垃圾場：

垃圾車在小山丘爬上又爬下，就像隻大昆蟲，幾噸的垃圾倒下來，刮平，搗爛，磨碎，嗆鼻的塵埃飛散在整個山谷裡，直飛散到天空中，在藍色的平流雲雲層裡染出一大片棕色的痕跡。城裡其他的人怎麼沒有感覺到這些塵埃呢？他們把垃圾丟出來，然後就把它忘記，就像他的排泄物一樣。

相對於社會同質的觀感，萊伊拉「和別人不一樣」的生活體驗與感受，在追尋自我的同時，也提供了另一雙眼，另一隻耳——「他者」的文化觀照。

台灣對法國文學的了解，大凡在沙特卡繆時期便緩慢停頓下來了。像Le Clézio這樣的作家，呈現的是和我們生活同步發展的現代法國社會，提到的文化範疇，除了萊伊拉準備高中會考念的書，還有她熟悉的流行歌曲、歌手、媒體雜誌（種類繁多不及備載）。雖然其中偶爾流露作者說教的嫌疑，仍不影響我對《金魚》的評價：當代法國小說中，值得關注的作品。

當我停留，就必須離去

故事從照相開始，女人們「爲呈現自己的形象美，必須在閃光燈未將她們照得眼花撩亂之前幾秒鐘內，發出下面這幾個甚少有人洞悉其奧妙、不可思議的法文音節『petite pomme』……。當嘴裡發『petite pomme』的時候，那種遙遠的夢幻的甜美陰影，便輕妙似地掩罩目光，使照片上人物的面部輪廓更高雅優美，過去歲月產生的柔和情調便漾在整個畫面上。」（《法蘭西遺囑》）那幾個法語音節透露著神奇的奧祕，彷彿那一瞬間，將記錄整個生命的永恆。在「我」成長的俄國冰雪大地上，外祖母夏洛黛，一個遠嫁異國的法蘭西女子，以母語在異鄉的現實裡創造夢幻的魔力，感染了她的俄國親友，更編織了「我」童年神奇多彩的想像力，建造了「我」最眞實的心靈原鄉。

然後，在最不起眼、情感最疏離的一堆相片中，「我」不經意地發現了一張女人的照片。一個和其他家族成員格格不入的影像，彷彿被錯置的陌生人，唐突地出現在別人的家庭聚會裡。那異質的影像，在外祖母收藏的回憶百寶箱裡，以絕對的偶然，凸現侵擾自我認同已然固著的現實。這張奇怪疏離的相片，就像外婆的petite pomme，說不出來的親切，卻又實在陌生；一種觸動生命底層的異質的、卻又莫名熟悉的細節……

外婆的法蘭西回憶是「我」心靈原鄉的靈媒，以說書者的魔力，還魂歲月累積的照片、簡報。將冰冷的俄國大陸蒙太奇地接上法國總統的緋聞，現實單調的俄國生活融入奢華美味的法式料理。其間，固然有誇大歧誤，難免刻板印象，但重要的是：這些遙不可及的想像，觸動「我」追求知識、眞實的想望，在「我」生活的現實裡，開啓了另一扇視窗。自此，「我」便在雙重視角當中，體驗雙重的文化語言，雙重的美感經驗，雙重的挫敗感傷。「我」彷彿被宣判：「在兩個世界中間痛苦地生活」，直到有一天，「法蘭西已不再是一個單純好奇的櫥窗，而是一個感覺靈敏、內容充實的有機體，其中的一小部分，已深植在我體內。」

童年與成人，現實與夢想，相同與相異，過去與現在，原本不會相交的兩條軌道，在「我」追尋心靈原鄉，從俄國經德國終於來到法國的旅程中，得以雙軌並行。你可以從國族論述探討在文化邊緣建構的自我認同，也可以從精神分析研究母親的象徵意義，但最令我動容的是：心靈原鄉的動力，自童稚起便魅惑「我」去想像追求知識與眞實的生命力。雖然，從此我注定飄泊：

「是的，這是一個沒有出發地也沒有目的地的旅行。一旦我開始在停留的地方生活下來，開始過著非常愜意的日子時，我就必須動身離去。」追求心靈原鄉，一如探求自我的旅程，超越了國族認同，也蘊含精神治療的意義。從模糊曖昧出發，以衝突異質爲起點，《法蘭西遺囑》的文學質地，就在提升了思考的介面，在生命的美學中、創作中，思索生活的平凡與失落、困頓與壓迫。凡消失的，只不過更換了軌道，在隱形的跑道上與現實的生活平行而進。而寫作，則是使那消失隱現的，在文字裡重生。文字裡的現在式就是生命的永恆，跨越所有藩籬與邊界，書寫的旅行奇妙地終於和生命的眞相碰頭。

外婆的法蘭西回憶，引領了我對眞實的追求，而最後當我眞正踏上心靈原鄉的土地，才悟到：眞相，並不如想像中眞實。事過境遷的巴黎早已不是外婆故事裡的形貌。在追尋眞實當下的觸動，才是永恆而「眞實」的。所以，我設計了一套路線，在把外婆接回法國的計畫裡，溫柔保留她記憶裡的，巴黎：

在等待的這幾個月裡，巴黎的地形圖有了改變。由於在某些地圖上，巴黎的二十個區都是以不同顏色標出，因此在我眼中巴黎便充滿了夏洛黛在這裡時各種變換的不同色調。有一些街區在清晨寧靜的朝陽照耀下，保留著她的回聲。咖啡館的露天座上，似乎還有她散步後疲倦時坐下小慇的身影。我們將會避開最近幾年大膽設計興建的建築物，夏洛黛在巴黎逗留的時間太短，我們沒有時間用眼睛目光使這些新型金字塔、玻璃塔、大拱門變得容易親近。它們的影子將凝固在奇怪的未來主義上，但絕不會擾亂我們散步時當下所擁有的永恆。

在時間的居住裡

之前，馬金尼胸前的領巾、細心修整的鬍鬚、瘦高英挺的身材、文雅細緻帶點神經質的神態，敏感的眼神透露著好奇，憂鬱壓抑著不安全感——多少受到《法蘭西遺囑》裡那個「我」的影響——我帶著對小說人物的想像，投射了第一個印象。我故作優雅，走上前去招呼，不料，竟引來他一聲驚呼：「您不就是〇〇七電影裡那個中國女明星（楊紫瓊）嗎？」尷尬中不知如何應對！之後，一席談話，更發現原來大大錯估了印象，他老兄竟然是個愛促狹、愛說笑、講起話來頗八卦一型的人物。只有當對方擺出陣仗，正經八百來談文學時，馬金尼才會顯得拘謹。

但是，我們仍正經八百地談了文學。我變換各種形式，只爲確認一個問題：馬金尼的創作觀和語言觀。其餘的，則不在我關心的權限範圍之內。

眼前這個人，安德雷・馬金尼，來自西伯利亞。一九八七年從俄國去到巴黎，曾住在墓地旁的地下室裡，寫他誆稱是譯自俄文的小說，因爲沒有法國編輯相信俄國大老粗有能耐直接以法文寫作。不想，一九九五那年，寫的第四本小說《法蘭西遺囑》，一舉竟拿下法國三大文學獎：龔固爾、青年龔固爾和梅迪西，被翻譯成三十種文字。

「來台灣談了那麼多政治認同，換點別的，說說你的女性美吧？《法蘭西遺囑》裡，女性美幾乎是整個自我追尋、創作探索的啓蒙點。」

馬金尼說：「終於可以好好談點品味的問題了！女性美有兩個層面：希臘文意思指的是外型比例。我寫了很多胸部、腰腿、臀部的比例；另外是形上學的：女性美顯示了時間的眞理，自成一個小宇宙（le microcosme），是時間具體的顯像。美麗的女人一天天變老，但也因此，愈發美麗。外婆夏洛黛是美麗的，在她身上看見身體在時間的居住裡，日漸老去。」

「在時間的居住裡，日漸老去。」我選擇了這樣帶點詩意的翻譯，來傳遞馬金尼對女人與光陰既苛刻又溫柔的看法。再美麗的，都會老去；再老的，都將美麗。「可以這樣解釋你的文學觀嗎？」「這是唯一的美麗，作家所能面對的絕美，借由文字鍊金術還魂的美。美就是時間，包含美麗與醜陋、健康與病痛，而時間就是永恆。」顯然，我在此，傾向以簡潔的邏輯，呈現馬金尼帶著俄國腔調的流利法語。「那麼語言呢？從物質的世界轉化成文字，語言的角色是什麼？」

「將我們的生活處境，用一個框架鑲起來。」馬金尼回答問題時，幾乎完全不需思考，立刻出口成章：「然後，超越這個建構的框架。少了這個超越，停留在語言的物質層面，就不成詩，不算文學了。」

他的思路帶著哲學思辯的趣味，是我欣賞的一型。稱得上作家的，必須對自己的創作美學有一套說法。當然，美學只是架構，藉以思索反省，但亦有助自我超越質疑。最近發現，往往流於形式的，是因爲陷溺在同一套表達模式、同一套期待、同一套幻滅、同一套情緒、同一套領悟——因爲從未眞正領悟，也就創造不出新的意象、新的觀點、新的隱喻，曾經再如何動人心弦，也還就是，老了。

離題遠了，回頭繼續談談美麗這回事。

「醜陋是重要的，身體的低賤與噁心的感覺，是追求美麗的啓蒙與動力。因爲意識到醜陋，才知要追求美麗，追求更超遠的——」什麼東西？拋開現實的桎梏以外，還有什麼剩下的呢？馬兄您是要說現實也是美的吧？醜陋裡也有美麗的時刻，生命的平靜與激情不過像你書上說的：

就像那天在駁船上，我透過兩個不同的舷窗偷看那個女人的身體一樣：一個是穿白襯衫的女人很平靜、很平常地幹那種事；另外一個呢？由於她的肥臂極具肉感吸引力，使得她身體的其他部分都黯然失色了。

紀德在《杜思妥也夫斯基》一書中比較俄國與西歐心靈時，提到最大的不同，就強調：俄國人看黑暗與光明是一體之兩面，而非對立的兩極。

「凡事均有例外。像普魯斯特，他掌握了日常生活的片刻：女人、政治、社會，但目的並不在描寫，而是重組、轉型。經過這道過程，字面上提供的，是一時的眞理與一時的美感。當我們看到一句話說：男人爲性而愛；女人爲愛而性。一時覺得有道理，拍案叫絕。但過一會兒想想，也不全然如此——屬於那句話的時刻也就過了。」

當然，紀德的時代也過了。所有的異同都是選擇的框架下一時的眞理。那麼，片刻就是永恆了。在追求這樣的永恆時，被排除掉的是什麼？「工具的世界、功利的世界。保留下來的感覺就像現在：不知道爲什麼，我們如此不同卻千里相遇，在此時此刻討論文學。但我懷疑，文學必得要彰顯什麼背後的意義嗎？就像這次出版社安排我去看元宵花燈，我走在人群中，一抬頭看見那紅燈掩蓋的天空，突然有種不知今夕是何夕的感覺，剎那就消失了，變成腦海裡永恆的記憶。生命不就是這些剎那的時刻累積起來的嗎？」

馬金尼此時顯得十分感性，我卻仍以正經八百的問題繼續：「以片刻吸納現實與永恆，呈現多重時空，將改變自傳的寫法吧？」結果換得十分簡單回答：「片刻的反省、聯結、猜測罷了！對自己的了解，永遠比不上對別人的了解多，當局者迷吧！」

原本想寫一篇「第一手資料」的作家身影。有一種兼任記者的壓力——第一手資料會需要什麼呢？我問不來私人生活，想談談他對當今法國文壇的看法，竟當場給忘了，現在才想起來。後來我又回到作品上，覺得對訪問的作家而言，重點擺在作品上是最尊重的對待。

爲什麼以這一句結束《法蘭西遺囑》：「我唯一欠缺的，是仍然找不到可以將之表達的恰當詞彙？」

「我們不能以字來寫作，文字寫作是西方的思想。文字是原子、分子，可以重組，形成物質，但不蘊含任何天生的意義。我以文字下筆寫作，目的是爲瓦解文字，而不是限囿於文字。文字只會簡化、限制現實。你們中國的象形文字從這點來看最令人驚奇。」馬金尼不解，我爲他的《法蘭西遺囑》寫的書評〈複調重瞳的個人美學〉，九個字竟包含了我解釋的那麼多意思！不過，這當然也只是我逮住機會，自吹自擂的花絮而已。重點是：中國文字的圖象感覺與多重的空間向度，傳遞的訊息往往大於文句的意義。一個「瞳」字，就可供想像，在駁船上把現實一分爲二的窗舷……我又扯遠了。其實，我們談到的是山水畫的時空表現。

影響最大的作家是誰？普魯斯特，所有時間的詩意與哲學，都學自普魯斯特。再來是俄國作家布寧（Ivan Bounine）。馬金尼的博士論文以此人爲主，我不熟，馬金尼解說，布寧的風格是一種印象派，像Seurat點畫式寫法，倒不是指字句文法，而是以點畫式地表現時間與現實的關係。當然，在《法蘭西遺囑》裡，我們見識過馬金尼的點畫式寫法，意象的跳接和時空的重疊手法。雖然，我仍以為，在這點上要超越普魯斯特，實在太難了……

時間，才是眞正的主角。那麼其他的作品也跟時間有關囉？

皇冠出版了之前另一部小說Au temps du fleuve amour（一九九四），之後出版的是La musique d'une vie（暫譯《生命樂章》）。講的是一個年輕音樂家，在一九四一年逃離莫斯科後，冒一死兵之名，藏身軍旅，一個人生活在兩種身分之間的故事。兩者之間，片刻的永恆是馬金尼的哲學——如果不得不有個辨識的符號，在兩種文化、兩種語言之間，馬金尼說，他學到：永遠「另有他處」。作家、詩人，就是把那片刻、他處，自現實之中截取下來，自成另一個小宇宙。

（我不知道，那麼，對詩人作家而言，這小宇宙該是現實存在的理由，或說，只不過使現實顯得更巨大堅實？）

我的意思是：沒有一種說法可以道盡眞理。

再來呢？

「一般會想：《法蘭西遺囑》既然得獎，就第一集、第二集、第三集寫下去吧！可是對我來說，重複自己是自殺的行為。我想建築自己的文學大教堂，不同的結構形成一個整體，但各有自己的目的和風格。」

風格，是什麼？

「選擇你看的角度和對象，再來就是文字、現實和時間的關係，但絕不是只有文字的雕琢……。」

龔固爾之後，生活起了很大的變化嗎？

「旅行，很愛旅行，尋找他處，傾聽各個國家的讀者各種解讀……。」

越來越簡短的答案告訴我：差不多累了，也要到想知道的了吧？按掉錄音機，馬金尼鬆了一口氣，回復愛說笑的樣子，竟又打開話匣子，唱做俱佳地講了一個跟女性美有關的故事；另外義憤塡膺地狠批了法國現代無法無天的年輕人；最後指著法國《閱讀》（Lire）雜誌封面，介紹象徵詩人奈法爾（De Nerval）曾住過他在蒙馬特的房子……這些「第一手資料」，暫且，按下不表吧！

「東方人」薩依德

泰山北斗薩依德在學術著作裡開示：東方不是東方主義；既非帝國主義的資源，亦非浪漫主義的遐想；不是政治的策略位置，也非權力的策略形構；所有的東方在文化論述裡只是「東方的再現」，而不是眞實存在的東方。然而自始至終，薩依德從沒有明示「東方」是什麼？一個「純粹不被制約的東方」，如最後的意旨，眞相始終未明。不過，眾人奉行後殖民主義爲治學圭臬，藉東方主義各式學術政治機制，在各式政治策略位置上，複製演繹權力的策略形構。影響所及，薩依德「非東方主義之東方主義」，創製生成當今最具顚覆力的論述霸權。

直到《鄉關何處》。不見一代教主的開示指點，卻看到最細膩幽微的自我剖析，以平凡眞實的語調，敘述成長歷史。世界級宗師在白血症威脅下，回憶害羞、脆弱、畏懼父親、依戀母親的男孩。稱一切東方主義都不是東方的薩依德，這回祭獻了私密的一生，是因爲瀕臨生命的邊緣，終於打算回答東方到底是什麼了嗎？所有曾皈依後殖民論述的信徒應該在此尋找一個「純粹不被制約的東方」嗎？《東方主義》書裡薩依德寫道：「我的這個東方主義的研究其實便是一個嘗試，要把加諸於我身上的所有軌跡編纂目錄……。我維持著批判意識，並且盡我所能，嚴謹而理性地運用歷史工具、人文學科和文化研究。在這些方面我很幸運地由我過去所受的教育中受益甚多，否則，我會遺漏了我所要去掌握的東方人文化實體，也不會以我個人的涉入與牽連而被構成一個『東方人』。」

「由我過去所受的教育中受益甚多」，一個自小受英美教育制約的「東方人」，企圖以「客觀批判」的視角解析西方意識形態構築的東方主義「加諸於我身上的所有軌跡」……在西方苦學，思索東方出路的許多「東方人」，曾經，感同身受了多麼深刻的悸動啊！尋找一個「純粹不被制約的東方」！但是，《鄉關何處》薩依德卻說：「我是個身分由許多難以確定……先不說可疑……的來路，混合而成的非埃及人，置身何處都覺得格格不入，既無清晰可認的面貌，也沒有明確的方向。」如何看待這本頗令信徒尷尬的私人傳述？這是東方主義的文學版嗎？爲了印證？抑或反省？甚至超越？

相對於東方，《鄉關何處》裡的薩依德首先該是巴勒斯坦的阿拉伯人？流放埃及的富家公子？哈佛大學的美國人？其次，才是一個「人」？《東方主義》的認同排序在《鄉關何處》裡是否仍舊有效？作爲東方的代言人，東方也許就是「我」，「我」的眞實，生活與生命，痛苦與甜蜜。相對於截斷的國族標籤，文化認同，「我」是那巴勒斯坦流放到開羅再到普林斯頓和哈佛，從英制學校到美制學校，從阿拉伯富商之子到世界知名學術明星之間的過程；那個不斷變化認知模式、呼吸感受的人。自傳，既是主觀的客觀，又是客觀的主觀。主客是清楚易位了呢？還是交疊重瞳裡，記錄到的只是視角的盲點？

我父親，固固實實在那裡，說話頒令也像刻石勒名般清楚可稽。整個人是個已知穩定的數量。我母親不同，她是能量的化身，對一切事物，整個家和我們的生活，不斷刺探，下判斷，將我們每個人，加上我們的衣服，房間隱藏的惡習、成就、問題都捲入她不斷擴大的運轉軌道。

若說嚴厲威權的父親自小提供給薩依德的是身分、名位，得以在意識形態與權力結構的替換移轉中安身立命，那「我」眞實的另一面，則是永遠在變換護照沒有身分的母親。

「我」在明確與曖昧的交界點上，本是東西交雜異同並存的主體。我們看到了薩依德說的文本互涉：文化語言的規約內化成價值標準、思考模式；而相對壓抑的根源母體，則在不經意之間突擊反制。在內化異化相對互應的重複下，自我本是他者，同異之間，「東方」情之所繫，或許，只能藉不斷描述、變換視野得窺一二。無論東方是不是東方主義可以界定的，這本自傳把東方主義裡東西奴主的對立邏輯轉化成主客互涉的現象。純粹的東方——一如純粹的「我」，原本「Out of place」。

我想，《鄉關何處》裡的薩依德，這回，走到了思考的邊界——異同／東西／主奴／尊卑／看與被看既分且合的邊界。書名《鄉關何處》譯得好：關之爲界，點出此一自傳的特質：將自我定義放在疆界之上審視……制約、意義、權力、認同的界線；亦是政治現實與文字書寫的交界。關之爲界，是父權象徵與母體依戀的交界，亦是主觀與客觀在主客混同上的第三視線。關之爲界，乃是薩依德有別於後現代思維的最重要的觀念。《鄉關何處》在台灣可以激發的思考，相對資本主義消費或是民粹主義掛帥，應是《東方主義》的印證，也是反省，更是超越吧！

作家的手指

我甚至來不及問霍格里耶，新小說當年端持的理念：反布爾喬亞、反巴爾札克、反一切虛假的連貫的眞實、反一切制式完整的眞理……，到今天，是否還有意義？抑或援引後現代理論的同時，早已接受一切商品化、大眾化，以兩本三百元促銷中譯本的消費社會？

一個下午，我從台大校友會館趕到鄉土文學論戰會場，竟有時空錯置的失落感，不知道是不是因爲原本期待的文學盛宴雙重失焦……？（如果，霍格里耶來到鄉土文學論戰會場，親身經歷台灣知識分子正在關心的事情，並實際體會在台北嚴肅的文學文化議題如何與光鮮時髦的流行商品共享消費空間……）還有那麼多可以問的問題，應該有的對談，竟然都沒有機會問，沒有機會談……。

他提及當年，三十歲的工程師，在穩定的小布爾喬亞社會安居樂業，二輛車、一棟房，卻突然放棄一切「以最基本所需的條件生活」，寫就他第一本小說。一本到處被拒絕的不像小說的小說。爲什麼呢？他回答：「對意義失望，對環境疏離，在自己的土地上卻感覺像異鄉人……。」又是怎麼會產生這種心境？「因爲大戰，法國壯丁一去不回，因爲德軍強兵壓境，因爲死亡……還有，因爲自己無可控制，不能理解的情欲衝動……。」

所以受不了巴爾扎克式的寫實主義：彷彿世界的意義本是昭然若揭，一切邏輯順序合理；存在就是這樣，社會就是那樣，連人性都可以一格格訂製標本模型——汲汲營利的，吝嗇刻薄的，犧牲奉獻的，不擇手段的，順應善惡美醜的軌道運走人情世故的時空座標。全知全能、宛如上帝鳥瞰的視野：現實便是這麼詳細、貼切，合乎邏輯，便利想像。（如果Chateaubriand以心中想像的理想丘壑爲成就浪漫主義大業，用第一人稱描繪脫離現實、在內心世界裡純化了的「眞實」，那麼巴爾扎克難道不是藉著「反映」外在物質來完成「模擬現實」的另一種浪漫信仰？）

如果眞實是寫實，爲何我卻在眞實人生裡苦尋不得如此合理完整的現實啊？對簡單的自己都無法以ＩＱ或ＥＱ控制嗔痴怨怒，又如何以我的知識去詮釋整個他人佔了絕大多數的世界？吝嗇成性的人可能突如其來捐贈大筆慈善金；眞摯懇切的情感可能莫名其妙如煙花流水……。我能不羨他嗎？一個學農的人，開始寫「小說」，用自己的方式、用自己的感覺、用自己的觀點——「出版社的拒絕信告訴我，我的方向是正確的，我寫的不是小說，不是大家習慣的『小說』」——

然後，得到自由。

（而我們的寫實呢？「鄉土」不知是一種主題，或是一種形式？而「意義」在西方語言本質及哲學層面上所遭遇到的困境，在我們的島嶼上又找不到思考的土壤與背景……我眼前的是一波波如此豪邁的激情，在追尋鄉土寫實的前提下澎湃著那樣堅持眞理、堅持沒有雜質的歷史眞相，彷彿「本土」是先驗存在的，本質式的信仰、革命式的浪漫……）

新小說其實是追求寫實的另一個面向吧？羅蘭巴特說：「作家是用手指著臉上的面具往前走的人」。我的寫實是告訴你：一切都是虛構的。是我意識選擇的結果。我聽到霍格里耶援引現象學觀點來解釋在《橡皮》、《妒》的客觀描寫：物的存在反映了意識的存在，目光凝視的遊走揭示了意識運作的過程，以主體的意識、意向，創造一個認知的空間，於是可以是虛、可以是實，可以是夢、可以是幻，可以眞、也可以假……（當我把「眞實」懸置，我的「寫實」不正是思想的懸置？）

四場公開演講，參加了二場，像是在上哲學入門課，好著急、好迫不及待，想知道的還在後頭，還在後頭……。你提及白朗修，而Blanchot書寫的眼睛卻是盲目的啊！在每一個當下，我怎能看得清一切？忙著觀看的意識本是忘我的啊！我如何寫實，或非寫實，細詳忠實地記錄當下的迷亂專孜？我多麼憧憬那不可能的鄉土……。

馬克思主義時期的巴特認定書寫是一種選擇，是一種歷史情境的反應——這個角度的「新小說」若不是憤怒的，至少是反抗的，抵制、摧毀舊有的思考方式、文字模型，但面具後面，發聲的仍是一個清楚自覺必須「反對」的意識主體，目光所及之處全是理性的清晰或是浪漫，即使是時序、情節人物不再一致連貫，意義的絕對否定和意義絕對崇拜難道不是一樣的姿態嗎？屬於神、不屬於人；屬於信仰，卻未必屬於眞理……。

某一次的中場，霍格里耶幾乎是自言自語地說：「可是，大家對我作品的印象卻仍是那麼制式（normatif）……。創作者，原本只能活在當下吧！欲望、心境、思想、感覺一旦落實成文字，便成爲各種包裝評估的商品。至於自由，關於眞理，再說吧！只要能繼續不斷地書寫……。」

而這一切都這麼理論，這麼接近開頭。我甚至來不及思考——那到底什麼是我們的寫實主義呢？當一切名詞仍待定義，範疇仍待規畫，如何記錄自己生命的眞實、文化社會的認同？如果我記憶裡成長的經驗，竟然空白、平淡、疏離多過於深刻的痛楚吶喊？我是如此心儀地提及的意象——廢墟（站在我心底廢墟的中央，該如何重建明日必將頹敗的繁盛花園？）在死亡身上衍生創作永恆的欲念，霍格里耶骨子裡，其實是情色的。因爲文學的，終屬文學，即便是文學，不可避免地，必生於歷史。

也是寫實嗎？——那永遠不可能完整清晰的過去……。我還有好多、好多問題來不及問……。

當符號與意義分家

「後現代」，其實是個挺模糊的字眼，有一種較簡明清晰的說法是：看你認爲「後現代」是一種美學風格或是一種政治態度。也就是說，後現代引發的問題可看作是藝術與政治之間是怎樣一個關係的問題（政治之廣義或稱意識形態）。

以前的老師，現任美國現代語言協會（MLA）會長艾蓮・馬克教授（Elaine Mark），在某期協會通訊上這麼寫：「我不能代表所有人說話，但多年教學經驗使我深刻體會到：文學應該不同於社會科學和其他想尋求解答政治經濟問題的學科，一勁兒專注在企圖改變社會現象的『文學』作品眞是令人覺得無趣。眞正叫人感動興奮的是超越社會、文化、種族、階級、性別，能夠引領人接觸美、欲望和死亡的作品。」

西方自六〇年代以來，社會事件和政治概念就變成現代語言、文學教室裡重要的課題，但馬克教授說：「一直困擾我的問題是：這些是否能激發學生的想像力？」詩的語言、詩的意象，是否應該脫離社會現實、價值，在屬於想像的世界裡自由自在？

很難有一定的答案。各人喜好而已吧？想到存在主義的沙特奔走宣揚：「選擇」、「行動」、「書寫」、「改變」。作家的「職志」、「立場」，似乎在決定以筆桿爲武器時，已經就先確立了其社會、政治的意義：由個人的自由出發尋求與社會歷史的關係。語言、作品、文學的「介入」（l'engagement）成爲對抗戰爭荒謬世界的利器，並在對抗中，肯定人存在的價值。

若說沙特面對的荒謬世界源自戰爭的摧殘損害，「後現代」作家接觸的荒謬則來自他原本依恃的武器——語言。如頓失寶劍的騎士，後現代作家對抗的結果發現：無力對抗。打從符號與意義分居後，意義行蹤愈來愈渺茫——但見四處游移、失魂落魄的文字苦苦追尋消失無蹤的意義。意義不定的語言、文學，該如何「介入」？

冷抒情

狂喜式的痛快

在法國雜誌《新觀察者》上看到一篇報導，抽樣調查結果顯示，現在法國年輕人對生活品質的重視更甚於金錢。更令人意料之外的是，三千名受訪者中有百分之三十的人希望將來有三個孩子。朋友和家人佔有極重要的地位，週末寧願在家帶小孩也不願加班賺錢。

這一代初出社會的人，不再野心勃勃企圖在事業上轟轟烈烈幹一場。只希望有個安定的工作，細水長流，冷靜地把賭注穩穩地押在舒適安逸的生活上。當然，事業成功仍是一切理想的前提，不過，經濟不景氣，眞正改變了大家的思想行為——識時務為俊傑。為保生活安定，應屆畢業生最有興趣的工作目標先是有保障的大公司。理工科畢業生的理想去處多半是注重研究發展、有長遠計畫的機構如航太（Aerospatiale）、馬特拉（Matra）、達梭（Dassault）等公司。貿易管理的學生則最愛農產品、化妝品、金融銀行等較能提供安全感的領域。公家機關如法國鐵路局

（SNCF）也是競相追求的目標。

「不愉悅的工作環境」比「不滿意的工作酬勞」更叫這一代年輕的法國人難受。他們不像上一代焦急地想在三十五歲就當上經理、大主管；頂多有個「高級幹部」頭銜便心滿意足。問他們如果有四百萬法郎從天而降會如何？只有百分之十五的人想拿來創業，百分之五會冒險投資，賺更多的錢。

經濟愈不景氣，環境愈困難，人們追求安定的心就更強烈，行爲就更謹慎。然而，僧多粥少，有多少人眞正能得其所願？當代法國哲學家、艾德格・莫漢（Edgar Morin）就說了：「這是一個不確定的年代。」（《文學雜誌》三一二期）。種豆得豆、種瓜得瓜的日子不再。今天的生活充滿了意外、變數及不穩定性。怎麼栽，不見得怎麼收穫。

聽起來挺悲觀。可是莫漢說：其實，是改變想法做法的時候了。設定目標，按部就班，達成目的一貫作業的理想，說穿了其實是個幻想，是故意忽視「意外」、排除「變數」的夢想。「人定勝天」、「有志者事竟成」固然是激勵人努力的動力，但是，莫漢認爲，過份相信一個「無所不能的意識主體」也是蠻危險的，常常流於剛愎自用、自以爲是。

莫漢其實是針對法國自十二世紀興起以來的布爾喬亞習性提出檢討。西方一向理性至上，將知識與意志力視爲力量泉源，衍生一套控制、征服自然的哲學。而追求穩定、秩序、認同一致性更是布爾喬亞一貫的理念。莫漢想要提醒法國人：接受人力是有限的，坦然面對可能令一切努力、意圖、計畫前功盡棄的變數、偶然或意外，嘗試配合順應自然，而非與其對立，可能爲人們的生活開展全新的視野。

號稱全球規模最大的法蘭克福書展主題標榜著「電子出版業」的來臨。一本本捧在手上一頁頁慢慢翻的書，可能在不久的將來都會化身爲一塊簡單的磁碟片。如果連看書如此「基本」的動作，也要靠科技「改良」，我不免爲自己跟隨進步的速度與意願擔憂起來。

在資訊爆炸的時代裡，人的生活幾乎完全受電子資訊、大眾媒體的控制。電視、電話固不用提，電腦、傳眞機也已經成爲多數人生活中不可缺少的「日用品」。不停地開機關機，在使用這些機器的同時，總覺得怎麼好像也活得愈來愈像這些機器？這使我想到德希達（Jacques Derrida）提的那個希臘字：「pharmakon」——既是「毒藥」也是「解藥」，曖昧的特性似乎正說明了我們生活在後現代的困境。

當代法國思想家尙・波提亞（Jean Baudrillard）這麼說：談「欲望」已是過去式；如今是一個「狂喜」的時代。差別在：欲望有深度、有隱藏、耐人尋味；而「狂喜」則直截了當，毫不保留、純粹痛快。波提亞所謂的「狂喜」（ecstasy）同時也指表面化——所有事件、空間、記憶都簡化成一個單一的資訊平面。在我們的認知過程中，不再有眞實物體吸引我們投注眞感情，只剩下一連串操作機器的動作，而同時人們也活得好似一架架複雜網路末梢的終端機。

在各式交錯的網路終端，我們還能找到什麼「眞實」的面孔嗎？或者，在這樣科技發達的時代裡，影像可能比眞人更「眞實」？在我們有限度的身體活動空間裡，有多少認知的對象是各式電視節目提供的影像？又有多少與我們息息相關的「現實」是各色報章雜誌上圖片文字的組合？影像不斷更新、創造、複製、傳播，力量早已超出反映現實、提供消費的限制，大有反客爲主的趨勢；控制消費、引導潮流不說，甚至構造「現實」，使我們分不清楚：到底是影視反映眞實生活，還是我們根本就潛移默化地模仿了銀／螢幕上的影像世界在生活？一個接一個的複製品、一個接一個擬像——脫離了軀殼，游移在客中如幽靈般的影像，而影像之後呢？

或許，才需要有像《西雅圖夜未眠》這樣的童話故事。女主角是報社記者，透過收音機偶然聽到喪妻的男主角訴說心中對愛妻深切眞摯的思念。之後，女主角像著了魔似地尋求各種管道——當然包括從電腦檔案中找出男主角的身分職業，甚至照片。於是，展開披星戴月的追求。銀幕上則簡單地以電腦繪圖畫出美國地圖，以虛線標出行程及時空的差距。而一切，只因電影《金玉盟》相約相守、深情不渝的畫面——一種對眞情、恆久的嚮往。也許，就是在這麼一個平面、快速的電子時代，心底渴望的是影像之後一張眞實的臉孔、一段眞摯的感情。而說《西雅圖夜未眠》是後現代的童話，也就是它溫馨地提供了一個夢境成眞的結局——在電訊網路的終端，竟然眞的尋到了與聲音、圖像、文字完全符合的、真實的人。

出了戲院我想：透過電影傳播的普及，全世界人的悲傷、歡喜、夢想、渴望也都被整合了。看看全場男女觀眾臉上滿足的微笑，或許就是波提亞所謂的「狂喜式」的痛快吧！

一直在跨越中

在原初自戀與社會實踐之間，在愛情與婚姻、夢境與現實、孤獨與和眾之間，不能忘記的，是那在其中思考壓抑行動沉默表達計畫懶散歡愉哭泣的「人」。因爲這「人」的掙扎，變易與恆定的界線方能浮現；因爲這「人」的探索，越軌與定格的分際才得應和。然後，所有的形式與意義才能產生變化的動能。

跨坐在邊界，

就這麼落了腳。

但是，邊界在那裡？

邊界，是對現實的尊敬，對束縛的依賴；

邊界，亦是對夢境的渴望，對自由的嚮往。

邊界，是永恆穩定，亦是短暫偶然。

六〇年代的作家、思想家曾為「邊界」爭論不休。分裂的主體。分裂的世代。沙特大聲撻伐說：「只是詩人顧影自憐狹隘偏執的自戀，無力激盪出宏觀的革命動力。」克莉絲蒂卻反駁：「那自戀的憂鬱，拉扯在動物本能與靈魂理性間，才是經驗自我與社會糾葛最深刻的體會。」西蒙波娃對初試創作的年輕人建議：「先想好自己要寫什麼。」莒哈絲則嘲諷說：「一開始就清楚要寫什麼的人，怎能稱為作家？充其量，只能是個優秀的記者！」知與未知之間，「我」的界限在那裡？

就這麼一個世紀又末了，虛擬網路全球化，科技的刺激早已模糊了肉體與靈魂的區別。「超越所有的界限！」然而，相對地，四周圍的朋友全都老了。「掙扎」已是太奢侈的字眼。連原初鐘擺的兩端都找不到定點了——跨越千禧年了嗎？只是，「我」連邊界在那裡，都還找不著……。也許，我們一直在跨越，一直跨越不過跨越？

玩玩解構

故事常是千篇一律，主角在某個地方，因爲某人、某事，離開、出發，或是冒險，或是奮戰。接著，有貴人相助，因而勝利、成功，完成使命，達成目的，最後，回到原點。一個圓形的完整結構。

成長，就是這個原型結構的重複。總是在「旅程」（1a quête）之後，醜小鴨變成天鵝，小癟三變成大英雄。旅程，是自我測試之途；主體的自我認同，總是在出發後回歸的路上得到實踐。

早期結構主義者說：人類思考裡，不分種族疆界，可以分析到一個最基本原始的模式。他們蒐集了各民族文化的神話、童話、傳說，爲的只是舉例印證一件事：結構最小的組成單位。

波普（Propp）早在一九二八年，就將故事細分成三十一個「functions」，絕大多數的故事都是這些單位排列組合而成。只要變換其中任何一個單位（或是地點、或是時間、或是人物性格），整個發展就會有變——如果，灰姑娘的後媽是個愛屋及烏的人……。如果，桃太郎是個淘氣又膽小的孩子……。如果，唐三藏取經年代是西元二〇〇〇年……。有人根據這樣的假設將故事結構的基本單位輸入電腦，然後每一階段情節發展都有二種可能性，「讀者」只消按鍵是／否，就可得出開頭一樣但結局相異的不同故事版本。主角死與不死，愛與不愛，全都操之在手。

語言學家更進一步應用電腦教學，引導學生作文能力。大家依人、地、時、事一致敲出大同小異的故事大綱後，加上個人自由想像，變化創作，重新改寫。就在這時，讓學生體會：創作、書寫，從「拆解」的一剎那才開始。而每一個結構的基本單位，只有在與其他單位聯結關係時才有意義的可能性……。

後期的結構主義便根據這相對的關係網路將結構視爲永恆變動的力量，完滿的意義圍欄（la clôture）因而不斷拆解、重組、拆解、重組……。最後，到底是因有結構所以有變化，或是因變化才產生結構？這是本質的問題。從拉伯雷到德希達，到九〇年代年輕的哲學家，仍爭論不休的話題。眞理卻不見得愈辯愈明。只消關心：或許在作文課裡、教室的某個角落，有思想正在啓發、萌芽。

不完美

二十世紀的文學、藝術、哲學已不分家。不僅觀念互通，表現的形式也互為影響。《建築文摘》（Architectural Digest，一九八八・八月號）就曾介紹一個十分有趣的例子。室內設計師應用當今文學、哲學最受人矚目議論的解構主義思想（Deconstructionism），實踐了一種令人耳目一新的空間設計。

一九八三年，建築師保羅・福婁瑞安（Paul Florian）在芝加哥買了一間小小的雙層公寓，他和兩位建築師朋友合作，把這公寓重新裝潢了一番，原本傳統嚴謹的隔間頓時變得寬敞明亮。首先，他們把所有的隔間牆壁打掉，在房子角落豎起幾道白牆，圍出一個不完全連接天花板半密閉的「方盒子」，隔出了廚房、餐廳、浴室，以及盒中空心部分的洗衣空間。「方盒子」上面橫斜著一大塊紅色方板，聯結房子各單位，強調著整個設計的重點。這塊板子，實際上也是一張大床，夾在天花板與白牆之中，自成臥室空間。

福婁瑞安稱這樣看似支離破碎的空間設計爲「被破壞的完美」（violated perfection）。建築師推翻了原有的次序、內外觀念，採用開放式的隔間，使客廳、廚房、餐廳、臥室等各單位不再各自獨立專司其職，而在虛實之間相互連接，隨著居住人的生活動線組合個別的功能。連接各室的紅色方板便是個醒目的活動象徵。家具擺設，配合著空間分割聯結的特色，並不按平衡比例。各個部位組成的元素看起來都互不相干、各自爲政。客廳裡的沙發、桌椅彼此之間的尺寸角度不怎麼成比例；餐桌像一塊碎玻璃；電話隨意丟在地上；廚房的電爐跟其他廚具分離顯得特別突出……。每項家具看來都不成套，湊在一起呈現的是「不完全」，一切裝潢好像都停留在「待完成」的階段。福婁瑞安自己表示：「感覺是什麼東西放錯了位置；某個組合元素給從中截斷了，一半從這裡冒出來，另一半卻從另一頭跳出來。」

強調單元獨立特色及其相互之間活動組合的彈性是福婁瑞安設計的出發點。目的在限定的狹小空間中，凸顯多種角度來透視擴大活動範圍的可能性。文中指出，福婁瑞安的設計概念基本上是受到蘇俄結構派（constructivist）的主張及五〇年代建築設計影響。但是福婁瑞安表示，這一個爲自己設計的雙層公寓透露的美學觀點，實際上源自於當代文學、哲學大宗——解構主義的觀念。這種文學、建築在美學觀點上的結合表現是目前歐美極流行的新趨勢，十分耐人尋味。仔細推敲，福婁瑞安表現的「不完全、不完美、不合次序邏輯」的空間設計裡，的確蘊含著一股極活潑、極文學的創作觀念。

福婁瑞安的隔局與家具擺飾，好像在玩益智積木。隨心所欲可排列重組出千變萬化的形式。套上文學批評術語，這種結構乃富有十足的「多義性」（plurality）。主要是天花板和隔間方盒，在視覺上頗能造成類似「柳暗花明又一村」的效果。在限定的空間範圍內，雖然每次只能觀察到整體不同的一小部分面貌；然而，因爲沒有頂著天花板牆壁完全阻擋視線，依然可以小觀大，由高而低，內而外，自由調整角度而得到驚喜的空間感受。每天繞著方盒子先煮飯，用餐之後，洗個清爽的澡，踏出浴室，然後呈現的就是明亮簡潔的客廳。頭頂上還有另一福地洞天等著去安歇。從紅板床上「鳥瞰」全室風景，完全的透明感，令人心曠神怡。隔天起床，再順著反方向繞著盒子啓動，日子眞眞充滿動感活力，感覺上整間屋子都在自己的行動控制下極富彈性，伸縮自如。

如果把這雙層公寓比喻成一部小說，或一篇散文，這作品可以從各個角度、各種順序閱讀，「千遍也不厭倦」。房子的設計就像文章的形式，決定甚至組成作品的內容品質，在功能上不該限制思考活動的發展方向，而應提供變化多端的游刃空間。解構主義開宗大師、二十世紀法國哲學家傑克・德希達（Jacques Derrida）認爲：每一部文學作品都可視爲一組文字符號。在不同的時空、觀點下，可隨讀者想像，任意重組排列，而創造出多樣的意義。愈優異的作品，愈能表現語言多元的歧義性，也就愈能包容各個觀點的解釋。換句話說，如果書本像房子，隔間擺設等符號語言的安排，愈具有重組排列的機動性、活潑性，居住者便愈能享有暢然舒適、自由活動的空間。

所以，沒有一篇小說或一首詩具有固定或絕對的解釋。張三可能特別醉心於文中「海」的意象，李四則執著在「山」的象徵意義。這二種看法之間，無所謂對錯，重要的是張三、李四在原有的故事架構中，以自己獨特的思維方式與觀點透視出文章裡隱藏的特別意象或語言形式，並在融會貫通後提出可理解的方法來詮釋所讀的小說內容。這過程本身，便是解構主義理論中文學批評的功用及目的。這樣的批評不在解說或傳達原作者的寫作意圖與訊息，而是在透視分析的過程中，使批評本身過渡爲獨立的創作，具有自成系統的存在價值。

德希達曾進一步解說：文學批評不應該跟在原著創作屁股後面歌功頌德或隱善揚惡。當我們批評某作品時，目的只在原作的語言結構中找到一個特別吸引人的意象或觀念，然後在研究這意象或觀念的表現形式時，發掘自己獨具的思考方式和語言邏輯。（De la Grammatologie，第四章）福婁瑞安的作品就是這種創作批評最具體的例子。他在舊有的結構中透視出聯結空間的可能，並且抽離凸顯各單位的意象，在互不協調的關係中，以紅色方板及白方盒子聯結成趣味十足的空間結構。此外，最成功表現出解構精神的就是整體「未完成」的美感，提醒人們創作批評的潛能。在重複的批評、創作、變換觀點角度、提供不同詮釋的同時，人屋合一，共組遊戲空間！

挑逗最深處

我在尋找一種風格。

不，該說，尋找風格之所以形成風格的那個「什麼」。就像普魯斯特在佛特尼（Fortunny）的服飾設計裡；佛特尼在卡帕丘（Carpaccio）的繪畫裡追尋的那個說不出來到底是什麼的「東西」。Mary Lydon在她的評論裡說的：那個「nothing that makes everything」讓「什麼」成就爲「什麼」的那個「不是什麼」。

「不是什麼」。「不算個東西」。風格本身是可以描述的：形、色、音、感、味。但使得這一切感官突然變化了質量的——使風格得以如此形成的「慧眼」、「靈感」，說穿了可能根本「不是什麼」。在價值意義的秤柁上測量不出形貌；但卻在心靈美感的宇宙裡，巨大無與倫比。

現實裡最渺小的偉大。我在尋找風格之所以形成風格的，無法解釋的「渺小」，只能感受的

「偉大」。

做爲品嘗者、聆聽者、觀賞者，我是絕對爲那「不是什麼」的「不算個東西」深深著迷的——創作者在風格裡企圖肯定自己、認同自己、疏離自己、否定自己的摸索與焦慮。創作的動力原型。

Mary Lydon在書中（Skirting the Issue）這麼寫：「我握著筆（stylus），如當年維庸妮夫人直接打版的剪裁法，想像我身爲女性評論者，在創作、在學術上如何量身訂做出自己的風格。」風格（style）如寫作之工具（stylus），一種連哲學家都無法界定的，曖昧而篤定的「刺激」。

探索創作的原型，是誰說：挑逗我最深處的情欲。

語言的戀人

對於回歸語言之前的聖地，我是悲觀的。雖然，這悲觀並未阻止我繼續出走，流浪。忘了是那個哲學家說過，一與二的聯結，必定有三。三，是使一和二永遠不可能分離的膠著點；卻也因爲這膠著，永遠阻隔了一和二完整、理想的契合。

三，是交集，也是界線，是語言之前／之後，中間的那道橫槓。三，是不斷地跨越，亦是不斷地回歸。三，是出發的旅程，也是抵達的終點。

三，是我熟悉的你，也是我陌生的你。三，是你親密的我，也是你疏離的我。三，是我們的愛情，也是我們的背棄。

因爲三，欲望產生各種形式。因爲三，各種形式瓦解潰散。

因此，對於回歸語言之前的聖地，我是悲觀的。雖然，這悲觀並未阻止我繼續還返，回家。

我愛你，我想你，我恨你，我忘記你。三，是一和二之間的動詞、變化。三，是原型動詞的，可能性。

《戀人絮語》，第一八一頁「Je-t-aime」我——你——愛。「我」，如何將「愛」的原型和「我」這受詞緊緊密合？意旨，意符毫無阻隔的契合？「我要的是，徹底、完整、直接，一點也曖昧不得地，獲得『愛』這個字的模式，原型：不得有一句贅言，不容有一點花腔；兩個字要一體成形，意旨意符同時應答……。」

巴特擺明了要「字」（le mot）的「肉身」。猶如F. Ponge在〈橘子〉一詩裡，憋緊雙唇逼出「pépin」這個字的同時，呸出果肉裡的那兩顆籽粒。

眞的，我也希望能這樣愛你。雖然，這悲觀並未阻止我繼續愛你。

當一切變成文字

John Berger在《自己》裡評論兩幅Rembrandt的自畫像。一是二十八歲（一六三四）時畫的新婚圖；一是三十年後的肖像。前者，Berger說畫家一秉傳統對畫的看法，「整體說來展示的就是畫中人之財富、地位與福氣，像做廣告一樣。」而後者，畫家轉而省思存在意義。老來透過自己的畫像思索自己的生命——傳統，一向是藉由畫面來排除這樣的疑問，展現的是意義的肯定。晚年的Rembrandt背離了傳統的語言。

莒哈絲在《情人》裡也這麼寫道：「當一切事物都化爲文字，而不能如風如煙，不能不以『有用』爲價値，那寫作眞的是沒什麼意義。當一切事物不能化爲一體，不能不以『易於辨識』爲本質，那寫作不過像廣告？眞的是沒什麼。」

我仍是個摸索者，覺得意義的實體與空無乃一體之兩面，端看意義如何隱現空無，而空無又如何凸顯意義。但無論如何，對自己表達的工具——語言也好、影像也好，從不認眞思索、拿來就用的創作者，是我脾胃無法消受的。當然，這是很私人的口味，從來很難跟思潮、議題一起眾聲喧譁。

然而，畫之爲「物」，即便是意義的懷疑，卻是不能不沒有意義的。我在兩個地方看過Rembrandt的「眞跡」（？）釘在阿姆斯特丹的Rijn博物館，堂而皇之的聖經系列石版畫和大幅的肖像油畫。更早，卻在洛杉磯，電影明星出入的名店街，比佛利山莊的銷金窟——Rodeo Drive上的一家藝廊，門口的廣告打著：Authentic Rembrandt！回想起來，倒開始懷疑：什麼叫做「廣告」？

祕密人

我並不是不重視形式與結構。創新，就是尋找另一種形式、或結構，開發另一種表達的語言。形式、結構、語言，讓我們看到創作者的「vision」——他觀看的方式；或不看的方式。影像——畫面也好，文字也好（或稱意象）是創作者客觀化自己觀看方式的手法。形式與結構往往就是宗教的信仰，理性的具象，時間的掌握，空間的經驗。影像，或是意象，其實是「物質」的。客觀的「物」，讓觀者如創造者，在其中確認自己的信念、理想、價值、認同，或最基本的，財富。

擁有，是我們接觸影像／意象的方式。形式、結構及語言，則是支持、維護此一關係的骨架。但令我困惑的是：「『物』讓我擁有了什麼？」

她在羅浮宮地下精品店仔細挑選了一只古董懷錶。想藉以表達一些陳腔濫調的情懷。我在旁只能搖頭：這算什麼信物？可「掌握」、「貼近」、「觀賞」、「把玩」的「時間」嗎？這「擁有」的關係如何建立在本來無一物的「物」上啊？如果世上的「物」——這樣的形式、結構語言，真能確保「擁有」的感覺與滿足，也許世上的「物」就不會日新月異、五花八門，也許傳統永遠傳統，大師永不被超越，主人永遠是主人，奴隸永遠是奴隸，而愛情可以永恆……。chose，「物」，反義字rien，「無」。

我問她：「那是個在乎物質的人嗎？」她卻反問我：「對一個無法擁有的愛人，除了信物，還有什麼能證明？」物，證明我們對「擁有」的奇想，證明永不可得的「擁有」。

街頭藝人

離海岸不遠的第三街，一端連接聖塔蒙妮卡Mall，一端長長新闢了一條六百多公尺的行人徒步區。不似Venice海灘的嬉皮頹廢，顯然是較有計畫地迎合布爾喬亞的喜好。兩旁商店貨色齊全，露天餐座頗具歐洲風情，甚至有英文、法文、西班牙文排列數十種雜誌的書報攤。入夜以後，燈火輝煌，熙來攘往，錯以為在台北東區——少一分喧囂，多一分閒適。

徒步區，少不了街頭藝人。三五步吸引成圈，隨節目律動變換大小：印地安彩妝的一群，有老有少、年輕的男子背著襁褓的嬰孩，正在調整弓箭的彈性；站在木箱上、塗滿白臉的女孩，專心地模仿音樂盒上的女伶……蓄長髮彈古箏，背電吉他的男子矯情地推銷著他畫有太極的詩句：The sun sets the sea on fire to welcome the moon……。最故弄玄虛的，是一名光頭黑人直嚷著：「讓各位看看前所未見的表演……」音樂、姿勢整理了半天，等得人不耐煩了，才開始旋轉指尖的籃球，然後，二、三粒球竟似磁鐵吸附在身上似地跳躍而不墜地……。從專賣非洲雕飾的店裡衝出來，是因爲那鼓聲的震撼簡直要騷動整座森林的野獸。從人牆間縫望去，竟是一名彎著腰的瘦小女子，追著隨地滾動的二個空水箱。讓中年婦女駐足良久的，則是三個義大利帥哥組成的洛可可弦樂。熟練的莫札特，交換促狹的眼神。小提琴外盒裡熱情地堆撒著鈔票：「您的品味幫助我們完成學業。」

街頭藝人的生存建立在怎樣的社會共識上？兩岸關係緊張，許多後續的效應、紛爭，在不相干的第三塊土地上，激烈地或深沈地進行著……。大陸的人在民族主義的信仰下，連平日最溫馴和善的，連六四民運的支持者都聲稱：必要時，爲求國土統一，不惜動武！台灣的老闆，則揚言要解僱大陸的員工。

最後的圓圈裡傳出淒美的薩克斯風，情侶忘我地擁吻。我蹬腳往內看：一名男孩，十歲左右的年紀，一派瀟灑自信……。

我低頭走開，思索人們遠離家鄉的原因。

工具的呼喚

對於我每日必用的牙膏，竟然如此不經心，令自己十分訝異。苦苦思索，到底什麼時候換成的「高露潔」？之前與黑人牙膏之間，曾經用過什麼牌子？

居然怎麼也想不起來。

這一管盒身完整的黑人牙膏，被雜亂地放置在一堆舊洋貨中，顯得特別醒目。

洛杉磯東方角落一處甚不起眼的商場裡，社區性質的舊貨買賣，全都是「過去的」東西：「十誡」的電影海報、伊莉沙白女皇剛登基的照片。以瑪麗蓮夢露爲封面的LIFE、棒球紙牌、各式鍋碗瓢盆、珠寶配件……五十年前包裝的象牙肥皂、棕櫚洗潔劑、洗衣粉……然後，突然一管黃底印著黑人戴禮帽露白牙微笑的黑人牙膏。好來化工出品。標價：$45。

問那擺攤的主人，那裡來的牙膏？

胖胖的女人和氣地說：「有一個朋友，專門收集和黑人有關的文物。這是幾十年前，從亞洲帶回來的，後來給了我。」

說著，打開長盒包裝，抽出渾圓的管身。

「工具靜靜地呼喚著我們的自由，潛藏著可能實踐的行動。」

但是，當牙膏不再是牙膏，盒上的黑人成了「文物」。如今，怕了「歧視」的指控，黑人包裝早已不見。

我盡力搜索與黑人牙膏有關的記憶。什麼場景，當牙膏不是牙膏的時候，成爲我生命中沈澱的一部分。我在對角的咖啡店坐下，選好位子，一時什麼也想不起來。

高雄火車站前，外婆矮厝門口的那條細溝。細，因爲學齡前的我，可以輕易地橫跨著蹲下來尿尿。卻深。大舅舅滿口牙膏泡沫濃濃厚厚地狠狠吐來，「叭」一聲落底，便緊緊黏住溝底的苔。非得外婆淘米的水，或小阿姨的洗澡水漫天沖來，才散得去。

循著溝，冒險到很遠很遠的地方——當時的偉大幻想。

矮厝，後來變成違章建築。水溝拆平了。我打開那一管遠渡時空而來的黑人牙膏，氣味辛辣，依然嗆鼻。

肉體

夏日持續高溫，沸騰過一百度以後，整個洛杉磯向太平洋海岸傾斜了四十五度。沙灘上層疊的人潮，壓得海浪無法呼吸。

「總覺得這裡的人穿的衣服太多。」

「怎麼說？」

「沒什麼線條，大部分的人都穿T-shirt就打發了。不像在地中海那裡，清一色肉體。」

「……」

我們三人，爲了避免他人奇怪的眼光，決定泡進海裡以後，再把泳衣褪至腰際。當一個狠狠的浪頭衝上胸前，凱撒琳興奮地大聲嚷叫，「我是清教徒！」

後來，其中一人說：

許多天生純潔的事，因爲道德的介入，被迫羞恥……。

追求靈魂的純粹，使我們不敢正視身體。可是，對肉體不同的接受態度，卻延展了各式文化的深淺趣味。期待一個新的文明，恐怕得重新認識人類的肉體。然後，談愛、責任、道德。

她拿了一本巴岱儀的書，翻開一頁插圖說：「妳看看，這聖母抱著耶穌，臉上哀慟的神情，和女人的其他什麼時候很像？」

巴岱儀修正黑格爾的靈魂自我實踐說，強調：若沒有動物性、精神無以自處。所有的條規法律訂定的同時，便開啓了禁忌踰越之門。我們不能老是假裝清醒著啊！說不準什麼時候，理智遺忘自己的剎那——可能是回歸白晝陽光的、更誠實的途徑……。

她憂傷地闔上書說：「或許吧！但是，我們既不夠純潔，也不夠勇敢，對遺忘更是莫可奈何……。」

聖塔蒙妮卡海灘，日暮了。人群逐漸散去的角落，有白髮蒼蒼老者二名，正和二個少年小子對打排球。

「看看他們多結實矯健！年輕時一定是好手。」

寫詩的我，詩裡的我

你可以不用語言思考嗎？

妳是說，思考是一連串的聲音嗎？

我想，回憶大部分是圖片。祖父家大門外的那口井，祖母的單排骨梳，鄰居的彩色衛生紙，纏著金蛇的聖母像，五百元一個的超群水果蛋糕，爸爸的黑領帶，媽媽的凱莉皮包，鏡子裡哭泣的我……

那樣的思考有何意義？

嗯……會笑，會哭，有時候會睡著。

難道真的一點聲音也沒有？

海倫・蕾蒂吧。

這有什麼關係？
告訴我什麼叫遺忘。
好吧！那表示我不能寫信給妳囉？
可以呀！給我，或是我的身體，或是受詞的「我」，不過，可能那一個也收不到。
而且，我想看的是你信上沒寫到的……
酒井直樹說：No-body is completely at home in language.
在洛杉磯一家放著張宇〈一言難盡〉的咖啡店。想你。
說話、思考、書寫的時候，是一種主觀行為，將可以對象化的客體化約為「主題」。但是這「主題」卻不能反問地，經過書寫、思考、話語的解讀，還原到「發言的主體」。
你讀我的詩，卻永遠接觸不了我在你我的凝視中，已有雙重逃逸：
詩裡，早有一部分的我
因拒絕被簡約為符號而逃逸。
詩裡，意象與現實分離
所以，眞相必然逃逸。
按酒井的說法（或蘇紹安說的酒井的說法，或我看蘇紹安說的酒井的說法）：「寫詩的我」

化約成「詩裡的我」就是所謂的「發言主題的我」；而「詩裡沒寫到的我」則是「發言主體的我」。在兩個我之間，有一個永遠無法挽回或彌補的距離。

理性主體徹底的悲劇，所以迷人。

在迷宮的出口

成長，就是學會失去。失去最初完整統一的童眞鏡象；在各式戒規中壓擠變形的軀體；在切割與疏離間撿拾碎片、暗影；在他人的喉嚨裡發聲說話——而最後，一切一切努力換得的是：失去後依附的所有依靠都只是幻象。

正面的說法是：成長，就是甘於幻象；在假借隱喻的變換中安身立命。

拉崗似是悲觀而宿命的。人在戒律束縛下透過語言的幻象認知永不眞實、永不完整的自我。在語言的自我反射機制裡，溝通，似乎只是自戀的海市蜃樓。語言是永遠的疏離、絕對的他者（the Other），是意義的碎片，是信仰的虛無。可是呀可是，拉崗說：人們卻只能在語言裡尋求結合、了解、永恆與完整。在他者絕然冷漠的面容裡，自我的欲望苦苦覓求權力，卻永不可得。（It is from the Other that the Phallus seeks autority and is refused.）人與人，人與自己，永遠阻隔著一道語言之牆。

也因此，語言是誤會的來源，亦是了解的管道。端看我是否執著語言的意義——你口說的「關愛」和我的感受；我的感受和我的表達；我的傳遞與你的體驗，我們是否能夠穿過語言的巷弄，在迷宮的出口碰頭？

尼娜從敘利亞來，泰瑞莎是伊朗的修女，伊山是埃及軍官，索菲來自澳洲，阿敏是尼日的教師，那個害羞的男子我總叫不出名字，家在立陶宛。這些人都教法語。同一年，我們聚在塞佛爾研習。法國將海外法語教育的拓展工作同時歸屬於外交部和教育部。他們投資的心力，讓我思索語言對人類和平的影響。

石頭又滾下了

西西弗推石上山，眼看就快到頂了，就快完成了，石頭又滾下來，一切重新開始。如此，日復一日，年復一年，不斷重複。

白朗修（Maurice Blanchot），當代法國作家，這麼寫：永遠的重複，是寫作者的宿命。我想，也可以說：放逐就是永遠的歸宿。重複，因爲無法完成；放逐，因爲身不由己。所有的「結果」只是「開始」；所有的「生產」即是「失落」。「作品」對白朗修而言是不存在的：既非「成果」，亦非「實體」，也不是「結構」。作品，是一個游移於可能與不可能之間的永恆的掙扎。因此，和「書」不同。

白朗修說：作家不斷地想完成一本書，但「書」對白朗修而言是一個短暫的幻想，是「作品」在某一個時空下暫時形成的「結構」。看起來、「書」是完整的、具體的、具有統合一貫的意義，包含了社會的法規條例，是知識、權力與權利的綜合。但這表面的「完整」隨時可消解。作品則是一個永遠停留在「尚待完成」階段的未來，存在於讀與寫之間，是超越形式與意義的「無限」。作品，是寫作者沙沙筆下產生而又消失而又再生而又再消失的，不可具形、不可佔有的「東西」。

「書」永遠可以再拆解，一頁頁紙掙脫了裝訂，一個個字飛離了印刷。當「我」不再是「作者」，當「寫作」不再是一個意圖、一個「計畫」；當「我」只能身不由己，不停地寫，不斷地寫，沒有終止。

於是，空間，在無止無盡的重複中出現。

非愛情

吻

Gustav Klimt，善用金箔製造夢境的人，連悲傷都被他妝點得盛大華麗。在《吻》（一九〇八）裡，那女子的手，環過黑髮男人的頸項，蜷曲的指頭完全失去抵抗，幸福的酥軟。

儘管落英繽紛，慶典般的金黃堅實誘人，我不自禁伸手向前觸摸——卻擋不住那蜷曲指頭的魅惑：「那麼頹敗嬌弱，」我莫名地擔憂，「怎麼勾得緊稍縱即逝的溫柔？」太多的愛，叫人孤獨。這悲傷，如此盛大華麗，知道嗎？是無法抵擋的魅惑。

畫框之外的，是抓不住的永恆。我卻忍不住想拗直她的手指，這無聊的想法因無法實現，更令人坐立難安。我害怕，當那指頭因滿足而伸展，而僵直，隨之而來的，會是唇間忍不住的話語——我害怕，她將睜開雙眼，質問愛的眞諦。

沒有空隙的貼近，是我可怖的嚮往。混沌合一，散落在靜默的感官裡。雙唇，舔起來荒涼；

胸膛，貼近蒼茫；愛撫，瞬間即忘。巨大的失落，怕終將在語言裡尋覓思量。

你說：「別再想吧！」準備好心情，當記憶侵襲，好蓄勢遺忘。「我將送你一本字典，如墓碑般忠實，記載當時的顏色、香味與線條。」

巴特說：「語言如魔咒。」我將複誦著咒語，像原初的戀人，將自己趕出天堂，踏遍沒有你的土地，跨疆越界而去，在流動的足跡裡模塑形貌和質量。如子，如妻，如母，如師，如友，如街頭上任何一名女子。我將來到離天堂最近的山頭，曲膝跪下，將手，環過你的頸項，蜷曲了指頭，如墓碑般忠實，迎接你荒涼的雙唇，蒼茫的胸膛。

兩個人的自由

「生平第一次，感到在智慧上受人統御。」波娃如此回憶沙特。我們站在他們比肩長眠的墓地之前，想像「愛情是唯一束縛」的生死契闊。

他：我們在學習，且不斷挫敗，人際關係的各種可能性。除開既定的法規、模式，相異於熟悉、習慣、依賴的認知，行爲和情緒。因爲每個人是如此不相同，卻在拚命維護自己利益的衝突上，必須盡力和他人建立和諧的關係。如果和諧，某種程度上意味著自我利益的平衡，那麼沙特的自由，或更正確地說，解放，其實是永不可能和諧的，因爲建立在尊／卑、優／劣、主／僕的上下階級衝突上──因爲不平衡，所以要藉顚覆翻轉立場、爭取自由。我們要求，理直氣壯地，「一報還一報」的平等模式。我們的情愛，在利益權力的均衡桿上，爭鬥一生。

她：我苦思不解且力有未逮是你說的：比革命更艱鉅的工作，蘊含著更巨大深厚的感情動力和耐心，永不放棄的對話與互動。在維護、擴充自我疆界的欲望裡，接受並尊敬他人不可更改的「自我」——如「自我」裡無可避免必然分裂共存的「他者」。

他：我努力地去翻了書，找到Kristeva說的dialogism，將上下救贖的指標翻轉成平行相對的關係，在我們的愛戀與分離的次數裡衡量所謂「關係」（relation）必定內蘊「分裂」（rupture）的涵義……。

她：那麼，和諧，是一種意願囉！「我願意」，在斷裂、聯結的循環中，永不氣餒，向你伸出回應的手……。對話，是一生的實踐，承諾一輩子願意認識，接受「不一樣」的他人，「不相同」的自己。我們在互動對話的生死契闊裡，獲得自由。

（我們討論到很晚，連星子都打呵欠了。然後她抄了一段〈上邪〉：「山無陵，江水爲碣，冬雷震震，夏雨雪，天地合，乃敢與君絕。」而他，太陽升起後，將出發，探訪夢中憶起的另一個國度。）

女人「至多」，男人「至少」

如果，每個愛人都像一座島嶼，那麼，在冒險犯難之後，我們留下名字，代表勢力的足跡。然後，有人擇一留下，長居久安；有人再度背起行囊，遠征流浪。來去之間，曾燈火通明的城堡，如今可能荒煙蔓草。

擁有一個「自己的地方」，不知道男女是否有別？一個完全屬於自己勢力範圍的空間——譬如「家」，是不是女人的「至多」，男人的「至少」？女人願犧牲在外的事業回家，而男人則以家爲權勢的根本起頭點？多少女人以男人「準時回家」來確認自己的價值；而多少男人以「準時回家」去否定自己征伐的能力？

但是，我想告訴你的，非關男女，而是自己和別人的差異。從來，只要牽涉到「人」，很難清清楚楚地分門別類。

那一天，我們駕車從洛杉磯開往拉斯維加斯的途中，遇上了前所未見的暴風雨。沙漠中天地交互撞擊的雷電，像要直直地把地球劈成兩半，如棍棒結實的雨杜癲狂地搥打著車窗。我們像是被圍困在水牢裡，除了彼此，我們的視野不及指前五尺。

靜默中猛然驚覺：我們在患難中像這樣緊繃氣息走了多久？當一切都習以為常，見怪不怪。從台北到洛杉磯、到巴黎，再重新循環。城市裡和沙漠裡同樣熟悉的你，竟一樣地陌生。而你卻是我安居已久的島嶼。

關於愛情，非關男女，而是自己和別人的差異；兩者之間的距離、和包圍兩者的，更巨大堅實的「外在」。

人，對相異的他者——包括無法理解的陌生人，不能掌握擁有的愛人，和得不到別人認同的自己——常是狠狠地欲除之而後快。「我」總是慣性地想要把視野經驗的一切吸收並納入自己的體系，最好濃縮緊實地化整為單一的空間，唯我獨尊。

害怕無從掌握理解的他者。人們在親情、愛情、友情和愛國之情裡，汲汲尋求單一純正、永誌不渝。藉由他人永恆的承諾、肯定自己不變的價値。近乎形而上的潔癖，亙古至今，人們傾全力雕琢華麗的外衣，披覆於「單一」，祭之以文學、宗教與愛情。後果，可以是梁山伯與祝英台，羅密歐與茱麗葉，十字軍或是納粹集中營。

靈肉合一，至死不渝。將愛情和潔癖的宗教理想畫上等號的謬誤，是個美麗而可怕的童話。當「我」在「你」的靈魂裡尋得前生失落的熟悉嗓音，以為從此將在親愛甜美的兩人空間裡構築快樂的永恆天堂，那純潔聖白的誓約將拯救欲望輪轉的受苦身心。但是，就在兩情最激動忘我的剎那，卻早已注定一個最快速絕決的死亡！而退潮之際，逐漸湧現的龐大雜音，將在意識清明之前，由外向內吞噬掉「你」「我」狹窄封閉的、所謂的天堂。

無論是男，無論是女，對愛情懷抱夢想期待的，終歸要承受內外空間衝突的撞擊。當天雷勾動地火，彈性、韌性不足的，將在眨眼瞬間，應聲折斷！

那麼，如果一開始，就不奢求絕對的「純淨」呢？在每個熟悉的地方，遺忘全然陌生的角落，在每個親愛眼神中，記憶永難理解的面容。在這樣無可避免的差異間隙，連「我」都時時變成自己的陌生人——變異，還有什麼可怕？親愛的「你」啊，原來是永遠的「他」。關於你想知道的心事，這是我知道，最誠實的謊言。

在差異和距離裡，仍然必須去承諾，忠實，是生來就注定內外、身心分裂的人性難以脫逃的悲慘幸福。但不明瞭忠實的差異，將在單一唯有的執著渴求中輪迴漂泊；尤有甚者，不惜以身（自己的或他人的命）相殉，一如殉道者虔誠的暴力。

德希達說：協商溝通，勢必「不潔」。人與人間不能以人與神之間的絕對聖潔交往。我不太喜歡他的字眼（大概是純美的理想實在太根深柢固的關係？）。T. Todorov則提出：在一起單獨地生活（living alone together）。我想，若能快樂地在一起生活，而孤獨，是最美好的了（living happily together,alone）。但無論如何，詩人的意象是最精確的，你看：

所有海岸都是世界的邊陲
所有沙灘都怕流失
我們擔憂夢的岸緣潰退
我們的世界是可溶的

——羅智成《黑色鑲金》

男人和女人，別人和自己，理想與現實，所有的邊陲都是可溶的沙灘。我們的唯一，絕對的唯一，只有變異。我們站在邊際，相遇、相識、相愛、承諾，並分離……再相遇……。

穿過大風大雨，一線之隔，竟明亮清爽，我回頭車後仍雷電交加的山間，地獄之火般燃燒著紅光的天際。已經黃昏了。我鬆了一口氣，搖下椅背，一切又回復渡假的閒適心情。而前方，文明世界裡最逸樂的燈火，正輝煌閃爍。

在愛情的對象上演練愛情

史坦達爾曾專門為愛情寫了一本書，書名就是《關於愛情》（De l'amour）。這位法國十九世紀的小說家，以平實的口吻，具體的例子，分析解說愛情產生的原因、過程、心理，並提出所謂「結晶」理論（la cristallisation）：「『結晶』乃是一種精神作用，在眼盡之處發現所愛對象其他完美的面貌。」史坦達爾看得明白，說人總是習於厭煩，所以「發明」了此一理論，藉精神之提升想辦法在愛情對象身上演練「柳暗花明又一村」的工夫，道理和現今許多愛情心理守則、教戰手冊差不多——在一成不變中發掘新鮮有趣。不過，仔細讀來，史坦達爾的「結晶」（或「凝聚」，總之，是一種精神專注的作用）其實是有相當哲學基礎的——讓我們將愛情括弧起來，不斷審視還原它眞正的本質——胡賽爾的現象學在此聽來並不牽強。不過，在浪漫主義與寫實主義交接之際，史坦達爾的自我內視其實是囿限於更大的社會架構之內，也就是說：「我」對人事物的看法、觀點，不管如何「主觀」，其實早已深受外界思想、社會價值影響。《關於愛情》一書，固然想直探愛情的本質、核心，在其難以捉摸的精神想像以外，史坦達爾亦承認：「此書乃意識形態的試煉……如果所謂意識形態指的是一種翔實的描述（description），描述思想及所有構成思想成分的細節，此書正是針對所謂『愛情』及其所有情感要素而提出的細膩詳盡之描述。」

如果愛情其實是一種思想……

不論是起源於動物性欲，飾以社會禮儀、宗教教義；或是出自自我利己，成就實踐精神動力，愛情似乎都不再無解，好像每個世代各會產生特定的愛情模式、思想模式。因而，愛情產生的各式苦痛，是可能對症下藥的，如史坦達爾所說：「從描述中，我將提出治癒的方法……。」想治療、撫平愛情的哀傷嗎？請開始描述……我不知道愛情的痛苦是否眞如其本質，是可以梳理排解的，但描述，卻是史坦達爾極具啓發性的見解。也許，「談」情「說」愛，一切起源，正如一切終點，都在「描述」都在「語言」。如果能夠找到隻字片語將「我」的感覺心緒定格成「意義」，或許便能抽身反視——能勾勒出形貌的，必能消聲匿跡。讓我們樂觀地期待……。

暫且再回到《關於愛情》這本書來，藉由描述，史坦達爾其實將愛情當成文化研究的材料：「兩性產生愛情之相異處」、「愛情與旅行」、「比較各國愛情觀」、「女人的教育問題」、「歐洲婚姻觀念」……等。性別議題加國族論述，還有城鄉差距、古典現代並蓄，開拓了愛情更寬廣的視野。

我們來看一段《關於愛情》第二十一章「第一個眼神」：

所有的儀式，舉凡任何事先安排預知的事物，要求特定的合宜舉止都將麻痺想像力，唯有行事不以儀式爲目的甚或荒誕可笑，方能喚醒想像力；一點幽默玩笑便具魔力。

一個可憐的年輕女孩，又羞又怕的情緒，在正式相親的場合只能想著自己該扮演的角色；勢必完全抹殺想像力。

克服恐懼在教堂裡說三個拉丁字後，跟一個只見過兩次面的男人上床，其提供想像的空間遠遠不及在愛慕了兩年之後，情不自禁地將自己獻身給男人。不過，我講的這些話恐怕十分不經。

……

綻放的奇花異草

十九世紀的史坦達爾「十分荒謬不經」地批判了當時法國的習俗：年輕女子被當成貨品般嫁給素未謀面的「丈夫」——像吞嚥醫生開的處方一般，在「宜室宜家」的政治經濟社會利益考量下接受一個命定的丈夫。在《關於愛情》一書裡，史坦達爾就其浪漫的精神說：愛情是需要想像的，需要「十分不荒謬不經」的想像。

問題是想像一如浪漫、理想、眞理，似乎總與現實考量對頭。史坦達爾的小說裡，理想的愛情不也都囿於更具體的現實中嗎？這位小說家兼社會風俗觀察家在分析歐美各國婚俗、比較男女地位後指出：浪漫與現實可以並存，而成見封閉狹窄、自以爲是的單一觀點才是對浪漫的誤解，且不見容於現實。

在史坦達爾定義的「浪漫」裡——在現實的局限中迴旋不同角度的想像，浪漫者的眼光是朝向外界的，對不知莫名的一切，充滿好奇想要了解的欲望。「探險」——將戀人視爲懸崖邊綻放的奇花異草，而非「尋回」——如靈魂分解後的「另一半」。

從這樣的角度審視法國人，史坦達爾說：法國人其實一點也不浪漫，尤其是十九世紀的巴黎人，浪漫不起來的根本原因就是：自我中心，虛榮好面子。在書中第四十二章，史坦達爾批評當時法國人一心只想獲得尊崇、認同；在他人、世界的眼光中尋求尊敬、讚賞。總是害怕離群索居，非要屬於某個團體、社群，在「同黨」的認同下方能安心自處，別人的評價是自我價值的標準。

或許正因這種群體的壓力，方激盪出法蘭西文學藝術生命中追求獨特的氣質吧！正因法國人過度重視名聲面子的禮俗，所以才踰越出經營浪漫的渴望？說眞的，日常生活裡，的確沒有太多人體驗到法國人的「浪漫」……。倒是義大利人，在史坦達爾眼中，代表了純眞隨性的浪漫性格，他甚至從羅馬人的角度如此批評：「頭三天，羅馬人會覺得法國人眞是既可愛、又迷人，到了第四天，要命的日子到來，發現那些事前準備好的禮儀、優雅的態度盡是硬背硬學來的，而且每個人都同一個樣子，每天都重複那些老套……。」

這些對法國人的批評，在台灣讀起來或許覺得奇怪，和時下對花都的憧憬似乎格格不入。「浪漫」，原本並不完全那麼「法蘭西」；「法蘭西」原來並不眞的「浪漫」……在接收外國文化時，我們對字詞的理解與使用，常常因刻板印象影響而顯得匆促而粗糙。

法文裡有兩個字和廣義的「浪漫」有關：romanesque和romantique。前者衍自roman，「小說」，指的是一種性格，甚或精神狀態：不切實際、沈溺幻想，將小說世界虛構的情節放大成現實；把現實世界的人事物都看成小說情境。源於十二世紀以羅馬文（roman）——即口語法文（相對於拉丁文）寫成的冒險故事、愛情傳奇。而romantique則來自romantisme（浪漫主義），古文學史上指稱十八世紀開始的文學運動。一般說是對古典主義的反動，摒棄理性規範的束縛、追尋自我、想像的自由與新奇的異國情調。就文學運動而言，浪漫精神確實是外來產物，最早引介自德國及英國。

法國重要的浪漫主義先驅史塔兒夫人（Madame Staël）就將古典主義與法國民族主義畫上等號，評爲過時的陳舊意識形態；相對的浪漫主義則源自布列塔尼（Bretagne）的武士傳奇，代表清新、開放的精神，可爲腐舊的法蘭西文化注入異國新血。從這個角度看浪漫，竟是鼓勵法蘭西民族拓展單一觀點的啓示。

尋找下一個愛人

浪漫主義發展漸入巢穴，再度陷落於「單一」。

浪漫式的觀看是將世界整個都限制在我的視角裡，我即是世界，即是別人；在我的認知疆界之外沒有所謂世界的「眞相」。爲什麼浪漫的人總是孤獨；總在追尋「眞理」？「眞愛」？因爲他永遠只看見自己，看見自己如何觀看世界，凝視別人，而且，只有「他」看到了「眞相」，他的孤獨來自「看見自己孤獨地面對眞理」：「天才式的孤獨」。

其實法國的浪漫主義來自德國，而德國所謂的「浪漫哲人」即是叔本華。叔本華的思想則深受佛家影響，認爲俗世凡塵乃夢幻虛影，人們在觀眾界自以爲是地計畫、設計、欲想、追求，都不知生命的基本動力是「意念」——意念或妄念，固然是積極行動的原動力，卻也是一切貪嗔痛苦的來源，因爲此一意念不會因時、因地、因人而滿足，渴望是永恆循環的宿命。

浪漫的凝視因而是永不止息的，渴望的對象永遠只能暫時塡補生命的空缺。浪漫的寂寞夢想在現實世界裡更顯得生不逢時、無處容身。浪漫的愛，因而總因「不夠完整」而必須浪跡天涯。

在德・何奈爾夫人之後，一心想闖進巴黎社會的朱利安在一次往巴黎出差的旅途中，如此想像他的「下一個眞正的愛人」：

一片漆黑之中，他的心靈沈醉在幻想裡，有朝一日，在巴黎將是何番景象。首先，會邂逅一個在鄉下從來沒有見過的女人，比任何人更美更聰慧。他將全心全意地愛她，也將被等量的愛意包圍。若有須臾片刻必須離開她，勢必也將爲了得到更高的榮譽功名，好被她愛得更深切。

（《紅與黑》，十二章，旅行）

就這樣，朱利安透過神父介紹到德拉莫爾公爵家中爲祕書，而公爵之女瑪蒂達（Mathilde），巴黎的貴族小姐，取代了鄉下的德・何奈爾夫人，成爲欲望的新對象。然而第一次見面時，朱利安的眼神安卻集中在瑪蒂達哥哥諾伯伯爵身上：

暗地觀察諾伯伯爵時，朱利安注意到他穿的是帶刺馬的短靴；而我呢？只不過一雙鞋，明顯地屈居下風。大家上桌用餐，朱利安聽見公爵夫人說了句重話，提高了點聲音，幾乎就在同時，他看見一個年輕女子，極金黃閃爍的秀髮，梳整得好好的，來坐在他的正對面。她不是討他喜歡，但仔細端詳，他可眞是從未見過這麼美的一雙眼睛；但是這雙眼卻冷冷地透著一顆高傲的心。接著又像是訴說著寂寥，環視間又不時提醒自己要端莊。朱利安心裡想：德．何奈爾夫人的眼眸也很漂亮，大家都讚美不已，但和這一對眸子比起來，可就遜色多了……餐會近晚之時，朱利安終於找到一個字來形容德拉莫爾小姐的眼睛：炯炯有神。其他的部分長得太像她媽媽，愈看愈不喜歡，於是不再看她。相對地，諾伯則是怎麼看都好看。朱利安深深被吸引，不及想到要嫉妒或厭恨，他可是比自己要富有和高貴啊！（《紅與黑》第二部，第二章）

如向日葵仰望陽光，朱利安透過教會以晉身巴黎上流社會爲生活、生命的唯一目標，而愛情，在這樣的「大環境」下，能道眞假嗎？敏感的朱利安並不虛假，他的虛假來自心中對唯一價值的眞誠——成功，世俗的成功。愛情，則反映了他最眞切的自尊與自卑。如水晶般明澈的心靈，獨自凝視一廂情願的意義，浪漫的野心常在夢境、理想裡混淆了他人與自己、世界與心情。

玫瑰寓言

騎士在自我實踐的過程中，視理想女子如眞善美的化身。她的秀髮、她的眼眸、她的紅唇、她的肌膚——肉體之美是精神凝望的對象。心之所繫，上達天聽。

形象、肉體是精神超昇的必經路徑，但也明顯地居於劣等的次要地位。因爲低下，所以西方人鑽研知識，追求眞理，在形上學中汲汲否定肉體的重要性。女人，因此產生了被物化的基礎：她總是被囚於高塔，卻是騎士追求精神榮譽的最低階；她化身爲玫瑰，卻是騎士掩飾肉欲的寓言。她只能「等待」，因爲她只是「途徑」，等待男人在她形象的美感中培養應合精神性靈的崇高情緒——在蕩婦的肉體上建構聖女的殿堂。有此一說：宮廷之愛（L'amour courtois）在推崇恪守禮俗的柏拉圖式關係中，裝飾的其實是色欲：「在崇敬羞恥心的世代，我們自然認定社會習俗之所以存在，乃是爲了隱藏我們動物性的源起。」（《愛之旅》，黛安．艾克曼著）

一切重點在裝飾、隱藏。當柏拉圖結合了基督宗教，在物質的現象界追求理念的精神完美——若現象的物質能通達眞善美，那就是靈肉合一的眞理了！將愛情視爲眞理來追尋，我們便如騎士踏上了通往理想天國的階梯，一步步將身心分離，慢慢地崇靈貶肉，直至最終相信兩個靈魂完全地擁抱契合！

於是，西方人的眞愛竟如眞理，似乎永遠遙不可及。然而，至少他們掌握到形象的裝飾。選擇什麼可以看、被看，將原本掩蓋動物性的裝飾精緻地發展成「品味」、「形象」的執著。十三世紀的《玫瑰之書》(Le roman de la rose) 裡，騎士在擬人化的「愛情」循循教導之下，學習各種禮節儀式、裝扮爲求親近理想花園中的愛人玫瑰——終極的性靈合契或許可望不可及，但追求形體物相之美的基本，卻是脫離原始動物性的起步：

衣著要講究，依能力所及
好衣好鞋是必須，
身分地位得彰顯。
衣袍千萬要訂做，
手巧裁縫眞重要，

巧奪天工肩線美。
尖頭鞋帶要綁好，
不忘汰舊與換新。
腳下足靴端正否？
免得小人謠傳四處，
說你暗地：
幹那見不得人的勾當。
絲質手套與胄甲。
腰間皮帶緊
帽子別花不嫌貴，
——如玫瑰呀——過節少不了。（聖靈降臨節）
體臭絕對要避免：
手洗乾淨牙潔白，
指甲裡，髒東西
別懶惰不清洗。

袖口保護乾淨，
頭常洗。
但千萬別塗脂抹粉，
因為那是婦人才做的事（……）

《玫瑰之書》二一一三——二一七一

品味、禮儀，若說是西方愛情文化的產物，至少在構築了靈魂相契的愛情幻象之外，留給人們一點物質形體的執著。只是遺憾仍是遺憾，西方愛情的靈肉既然一開始就分了家，似乎永遠就不可能完美復合……。

超越似水年華

一般論及中古美學時，總是強調中古世紀的「美」純粹是形而上的，與道德的「善」合而為一。此一完全智性、知性的形上美在義大利符號學者艾可（Umberto Eco）的分析下，卻落降為道德與心理的「現實」：人們必須有實際可掌握的物象現實來憧憬精神與靈魂的超越。形上美事實上提供了物質之美、感官之美的基礎，透過平行對比成隱喻，在具體的物象上提升精神抽象的視野。也就是說，純粹絕對的形而上意義必須以超脫物質美感為出發點——必須有可供「超脫」的物質基礎。

「超脫」是為什麼？真是為了一個絕對聖潔純美的永恆嗎？還是本源於執迷花花世界的留戀？生老病死的宿命總在醇酒美人的歡樂裡冷酷堅實地出現。若最豐美的愛情都終將隨風逝去，如何不令人心痛，追求永世的靈魂？十五世紀詩人維庸（Villon），在巴黎念書的學生卻扯上殺人、搶劫、偷竊而一生波折，牢獄纏身。曾經，以詩中的「我」比做年華老去的美婦，道盡青春不再、容顏凋零的傷逝哀愁——肉體之美乃詩人眼底幻化的眞實，在光陰無情的侵蝕下，凋落成衰老死亡的現實。近乎口白的簡單陳述，不飾比喻的寫實意象，眞實懇切地傳達了對紅塵俗世的愛戀與不捨：

至今他離我而去整整三十年，
獨留我一人，髮蒼齒搖。
回想前塵往事啊！
如今鏡前細端詳，
（何處尋回我的年少芳華！）
容顏易變，枯乾衰老，
怎不叫人可憐可嘆，悲痛發狂！
俏額、金髮、柳葉眉，
回眸一望百媚嬌，
多少俊紳雅士皆傾倒！

鼻尖合宜，

巧耳貼面，

梨渦豐柔甜又嬌。

《遺囑》（Le testament）

最後詩人以自嘲的口吻寫道：看我們這群回想青春時光、可憐愚蠢的老婦啊！蹲在火爐邊取暖，蜷曲得像一團團毛線球，這不是天下蒼生一致的宿命嗎？只不過，唯有美麗、年輕，才配得所謂的凋零。生與死，美與醜，短暫與永恆，原本共生共存啊！

傷逝另一個我不存在

維庸（Villon）是十五世紀難得以「我」第一人稱寫詩，以平實手法記錄生活情感的詩人。在中古時代，算是十分「現代」的聲音。在凡塵翻滾了一生，維庸在詩集《遺囑》（Le testament，一四六二）裡感嘆青春易逝、光陰難追，了悟生死而誠心問神的語調已預告了十九世紀初浪漫主義：

當年一起風流倜儻
調笑玩樂的俊紳雅士呢？
那樣好的歌喉
那樣好的口才

風趣幽默又可愛
如今早已化做枯骨
什麼也沒留下：
願天堂裡安息
而上帝憐憫苟活的人啊！

若將傷逝的感嘆推進到浪漫的世代，愛情往往是詩人藉以憑弔青春過往的主題，孤單而悲悽。心愛的人承襲了中古世紀追求形上美的邏輯，往往代表詩人渴望靈肉合一的理想，一個提供詩人追尋自我、通達永恆的途徑。只不過，比起中古詩人，「浪漫」在十九世紀顯然是更私密的。現象外在的一切物象都只是「我」內心世界的投射。詩人在森林，在湖邊，在深山，或是獨自漫遊，或是相偕愛人散步，眼前所見一景一物，一顰一笑都隨「我」的情感、情緒波動起伏。抽象的浪漫愛情在永恆律動的大自然中找到具體投射的意象；而大自然的母性則彷若春風甘露，在愛人的眼淚親吻裡恣意紓解。

浪漫之愛，愛的是什麼？無非是我心底理想的幻象吧？一個懂得聆聽、撫慰的大自然；一個心靈相映的美麗靈魂——也難怪，浪漫詩人總在紅塵俗世中浪涯，而身影卻永遠孤單寂寞，那另一個「我」恐怕根本就不存在啊！傷逝，因而有了另一種解釋，我的淚水或許並不眞的爲「曾經存在」的消失而感傷；我傷逝的其實是那「未及存在」的夢想吧！

那人生值得活的既不存在，也不眞實，這塵世那裡有我靈魂駐足的天堂？浪漫的愛人勢必注定了永世的漂泊。而漂泊中，熾熱的目光尋覓不到可以凝視的對象。不同於中古世紀具體的物象之美，浪漫世代的「物」是爲了凸顯「空」而存在，詩人在具象的山川景物中「看」的是那「已經消失」或「未及出現」的「空無」。

聽聽典型的浪漫詩人拉馬丁（De Lamartine），循著他無法休憩的眼神，追尋現象界裡並不實存的形體：

然而美景當前，心冷情淒切
既不癡迷狂亂，亦無激情眩惑
我自凝望大地，一如遊魂漂泊。
暖陽撫慰生靈，無奈逝去魂魄
層層山陵丘壑，放眼游移漠漠
南和暖，北寒凍；從晨曦到日暮

踏遍曠野處處，每每孤寂角落
我便說：尋不著，眞實幸福等候
爲何看那山谷，大宮殿、小茅屋？
眼底風華盡逝，美景徒呼負負
河川、石岩、森林，親密如我獨處
只因芳魂渺渺，滿眼盡是孤獨
《孤獨》（L'isolement）

十二音節亞歷山大體（L'Alexandrin）穩重平和，重複的只是詩人流浪無歸處的孤寂。

夢境是唯一相見的地方

不知道是不是爲了增加票房，《The Piano》被譯爲《鋼琴師與她的情人》，似乎強調了美麗的愛情故事：眞愛終於掙脫了沒有感情基礎的婚姻束縛，爲了心疼自己的情人，可以放棄一切，甚至卸下心愛的鋼琴琴鍵來傳達情意。然而，「鋼琴」，原有簡單的片名，卻讓我思索了良久。畢竟，愛情故事完滿結局之後，眞正魂縈夢繫的牽掛，是那架「沉沒在海底墳場的鋼琴」。而「情人」，原本屬於黑暗。尤其是太陽溫暖照射之白晝底下，一切合法化、程序化、正常化之後，黑夜的神祕才愈發誘人。班斯，白日裡由情人終成「眷屬」；而鋼琴，則永遠藏在艾達內心深處，「她，永遠漂浮在它上方」，彼此的割捨，卻成永世不忘的愛戀糾結——「情人」，應該是那無聲勝有聲的鋼琴吧！

寂靜，一直是艾達——一個不說話的弱女子，用以對抗外在權力禮教、世界的武器，更是唯一自我安慰的避風港。藉著鋼琴，艾達唯一「發聲」的方式，訴說的亦是寂靜中的眞性情。丈夫「聽不見」，而所謂情人，將被丟棄在海邊的鋼琴搬回後，卻在欲望驅使之下，使鋼琴變成滿足愛欲的交易工具。而艾達深沈綿密的內心世界，亦在欲望決堤之後，隨一個個鍵盤交換逐漸撤防。最後，鋼琴已不再重要，甘願被剁手指也要追隨情人。

情人在寂靜日益被熱情取代之後，也慢慢「合法化」，替代了原有的「桎梏」，成爲新的「歸宿」。安靜無聲的艾達開始說話、戴上金屬指套，彈起新的鋼琴。沉沒海底的是她寂靜的過去，是她與音樂合而爲一、親密不爲人知的「祕密」。

艾達曾想與鋼琴「同歸於盡」，在獲得人間愛情的保障後，仍無法割捨心中眞正的牽掛。但終究，本能地掙開綁著腳和鋼琴的繩子，浮回水面。鋼琴「情人」與現實世界的完滿幸福似乎永遠無法相容？藝術本身，像是永遠不能結合的愛人，不屬於現實中的完美、成就、權力與意願的控制範圍內。只能在黑暗幽晦中，永遠難以捉摸——夢境裡是唯一相見的地方，而寂靜，則是唯一傾訴心情的聲音。

我因而明白了白朗修說的黑夜與白晝之別。藝術家與藝術之間的親密只在創作過程中一片茫然黑暗時才是眞正的「愛戀」；一旦作品完成了，合法化、有形有聲了，也是白晝——一切法律條規正式截斷親密關係的開始。

眼睛離得遠了，心也就跟著遠了

觀看，是一種愛戀的方式，一種十分法式的愛戀方式。法國諺語說：「Loin des yeux, loin du coeur，眼睛離得遠了，心也就跟著遠了」。不能朝夕相處的愛情（雖不必然是婚姻形式），是一般法國人很難接受的。一個觀看的對象，在法式戀愛裡是不可缺少的必要條件。形體之美、物質之美，日常生活裡的法式「品味」，和視覺、嗅覺、觸覺、味覺、聽覺有著極細緻的關係。日積月累地細膩造就了法蘭西文化的輝煌燦爛——這是時間和感官經驗恆久的愛戀結果。

在法國人的眼睛裡，總是，可以讀到許多訊息：大小、形狀、色彩、質感，甚至氣味、聲音……。他們透過眼眸邂逅、接觸、了解，也透過眼眸憎恨、批評、輕蔑。觀看，是他們說話的方式，而說的話多是看到後引發的想法。觀看，是法國人的思考方式，法文說「Je vois」，「我看到」，亦即我理解，「我懂了」。我看，我看見，我理解，是三段認知的過程；我尋覓，定位那一美麗的形體，當她／他出現在我的眼眸底，成為我欲望的肉身，亦將是我的心觀看的對象。觀看，是形體過渡到思想的途徑；是具象引介到抽象的路程，是性，是欲，是愛的輪轉，是自我追尋的實踐。法式愛情，我可不可以這樣說？是自我觀照的過程。

當我們從愛欲（eros）說起……那對肉體的執迷是自柏拉圖開始便承認，人類行為思想的動力。即使是理想國的眞善美，昇華的精神基礎，仍穩穩地必須立足於「低劣的動物獸性」上。（柏拉圖《饗宴》）我的愛欲是我的匱乏，卻也是我完滿的先驗條件。若是愛戀讓我眼眸向上尋求永恆的完美和喜樂，那麼崇高的智慧與心靈啊！注視潔白的百合花之時，不要忘卻了泥土裡掩藏的鬚根。巴岱儀（G. Bataille）在一九二九年的文章「花之語」（Le langage des fleurs，Documents．第三期）不是說嗎？「由上往下的象徵過程」中，「純潔」、「理想」必植根對等於「黑暗」、「醜惡」的辯證關係。以花的植物本性比喻人的動物獸性，人必須面對原有的自然本質才能更正確認識自己。當我重瞳的眼底同時看見百合花的潔白美麗和花根的污穢爛泥，或許，才可以開始了解愛情的眞諦……。法國文學裡的愛情似乎就辯衍著百合花的高貴與卑賤，黑暗與光明……。

立刻轉身回望，
他轉過身，遙望高處
那世上最純美的身影
（日日渴望看見的身影）
正坐在高塔上向下望
當他瞥見的一剎那
再也無法回頭，無法移動
眼眸直直地在她身上
於是從背後狠狠被刺一刀
梅勒阿剛刺傷了他
狠狠地用盡全身的力量
因爲這大好時光，他高興地想
藍斯洛完全失去了防備抵抗……

中古世紀的宮廷愛情裡，高雅美麗的皇后或貴婦總是以身影形體之美，緊緊吸牢騎士的欲羡目光。在爭伐不斷的黑暗世紀，血氣方剛的騎士在戰場上耗費生命精力，卻在宮廷裡消磨時光的愛情文學裡，變身爲遙望理想愛人，壓抑愛欲，將欲望「昇華」爲忠君愛主的戰績。永遠可望不可得的愛欲折磨，是理想騎士在榮譽、責任與愛情的抉擇中，實踐自我價值的「道場」。那魂牽夢繫的美麗身影則由愛欲的化身轉化爲欲望的對象——當她與君主的賞識封祿或聖母瑪麗亞的聖潔形象結合，便轉變成騎士追求自我價值的「精神欲望對象」。

讓我們暫且相信，從愛欲到欲望的對象，是人類心靈提升動物獸性的方式。「將物質的肉欲之美寄託在精神價值追尋，是中古文明將愛欲政治化、社會化的導正方法……」於是，在那樣一以武力爭伐封疆授土的世代，詩人們歌誦愛情，編著《愛的藝術》等愛情教戰手冊，創立「愛的法庭」貴婦沙龍，討論爭辯所謂愛情的本質……。

至高無上的愛情

《大鼻子情聖》（Cyrano de Bergerac）像一首溫柔淒美的情詩，娓娓低訴英雄多情自苦的痴情愜意，描繪愛到深處無怨尤的寂寞身影。在愛情至上的法蘭西，十七世紀傳奇人物西哈諾輕易地便佔據了凱撒獎十大項目（包括最佳影片及男主角），聲勢浩大直逼奧斯卡最佳外語片獎及影帝頭銜。同樣的唯美戀情，跟《第六感生死戀》（Ghost）比起來，《大鼻子》多了一分輕柔婉約，含蓄中散發一種文學氣質。男主角傑哈・德巴狄厄（Gérard Depardieu）迷人的演技將一個流離外表與本質之間不得平衡的敏感心靈詮釋得絲絲入扣。

西哈諾除了以劍術超群傲視儕輩之外，更是文采斐然，雄辯滔滔，部屬朋友無不心服口服。然而他心底深沈的自卑感卻也同時因臉上碩大無比的鼻子而無所遁形。畸型醜陋的外表使他面對艷麗嬌柔的表妹羅珊時，自慚形穢以至於纏綿愛意糾結心中而平常出口成章的能力竟完全癱瘓。

一日春暖花開，羅珊找來最信任的兄長西哈諾要向他透露私心傾慕的夢中情人。羅珊欲語還休的嬌羞模樣看得西哈諾神魂顛倒，滿懷希望、緊張地期待表妹說出的名字。剎那間「愛人不是我」如墜深淵的西哈諾，卻因意識到自己「癩蛤蟆想吃天鵝肉」的奢想，羞慚之餘立刻強捺失望傷心裝得若無其事。由強轉弱，從熱到冷，內心衝擊轉變的複雜過程在法國演員中或許也只有功力深厚的德巴狄厄才能拿捏得不慍不火。強顏歡笑的西哈諾於是答應了表妹的要求：在即將出征的戰役中特別照顧那位瀟灑俊美的情敵部下。

無怨無悔的愛情支持犧牲奉獻的勇氣。西哈諾不僅多方保護情敵，甚至代寫情書從中撮合。而全片最令天下有情人迷醉的莫過於那一篇篇如泣如訴的綿綿情話。羅珊浪漫的少女情懷投射在武士俊美外貌上，而憧憬完美愛情的幻夢卻完全得自西哈諾日日情書的滋養。西哈諾自卑於長相奇醜，滿懷相思情苦只得全藉筆墨發抒。對外象的迷惑使得二顆情投意合的心靈卻陰錯陽差地變成落花流水。而使兩人愛情幻想落實的「潘安」武士，在嘗盡甜果後，終是免不得被安排死去，只因表象本誤人眼幕，終歸行滅。

這部浪漫主義氣息濃厚的電影，對表象與本質差異的喟嘆，若放在十七世紀當時的文化氛圍中卻顯得諷刺味十足。每天待情書當飯吃且糊塗到「吃米不知米價」的羅珊，是典型十七世紀沙龍式婦女。整天無所事事，就愛集聚文人墨客吟詩頌詞，思想空洞，辭藻卻極盡雕琢華麗之能事。西哈諾則是矯情社會下迷信柏拉圖式愛情的大阿Q。同樣的人物故事其實也可成為絕佳的喜劇題材。幾年前史蒂夫・馬丁（Steve Martin）就曾成功地在「Roxanne」一片中論釋美式幽默的《大鼻子情聖》。

事實上，西哈諾是眞有其人。在十七世紀初是頗負盛名的詩人及小說家，與電影形象大異其趣的是，此人爲文專與虛僞矯飾的社會風氣作對。一六五五年去世後出版的小說著作如：《月亮之旅》、《太陽王國》等，描述奇異暴笑的冒險故事更充滿了超時代的科學想像力，影響後世哲學家伏爾泰至深。在當時基督教勢力仍大，以上帝爲思想中心的時代裡，西哈諾其實是十分新潮前衛的呢！

至高無上的肉欲

《亨利與君兒》（Henry & June）是美國電影分級變更標準後第一部被評爲NC—17的作品（所謂NC—17是指十七歲以下觀眾不准入場）。《亨》片以法國女作家阿娜伊絲的性愛經驗爲導線，貫穿她和美國作家亨利．米勒及其妻子君兒之間的三角關係。紅杏出牆加上同性戀，性愛場面少不得炙熱電檢刀口。導演菲利浦．考夫曼以《生命中不能承受之輕》（The Unbearable Lightness of Being）轟動影壇，這次再以情色爲主題的《亨》片引起爭議，備受矚目。影評家繞著NC—17及X級的分界及色情定義大做文章，宣傳效果使得觀眾驅之若鶩。

電影分級標準對藝術作品硬性評估，原是基於道德考慮。但因涉及市場利益，其判定之間難免複雜曖昧，以《亨利與君兒》一片而言，單純地以道德尺度衡量，將嚴重抹殺了性愛的象徵意義。《亨》片中表面上肉欲橫流的亂愛——已婚的阿娜伊絲愛上來家裡作客的亨利，又和亨利的妻子君兒暗搞同性熱戀——其實重複的只是一種單純原始的欲望：人之爲人的肉欲，作家之爲作家的創作欲。此片既是一個女人對性愛認識的成長過程，也是作家與創作欲望間剪不斷、理還亂的糾結體驗。肉體歡愉的追求實乃創作欲望滿足的形式，而創作動力將性愛經驗提升至象徵層面，則更使之令人身由情牽，心由欲埋。

阿娜伊絲初見亨利時便爲其才華揚溢、風流倜儻而深深吸引。此愛慕之情實際上源於己身欲望的投射：成天抱著日記寫個不停的阿娜伊絲潛意識裡將自己比成亨利，透過亨利的創作動力得到自己創作欲望的滿足。斗室中，阿娜伊絲將最隱密的內心世界（連丈夫也沒看過的）日記內容與亨利分享，羞怯中的期待猶如處女初夜純潔的奉獻。此時由鏡頭帶過一張日本春宮畫卡，點出了欲望相合的象徵意義。爾後兩人對彼此文采相互吸引的愛慕之意落實於男女情欲，欲望糾結更如乾柴烈火。對情愛歡愉的新認識使阿娜伊絲品嘗了偷情解放的自由後，亦跨出了女性作家創作獨立（思想獨立）的一步。

亨利握筆有如一國之君手握權杖。當阿娜伊絲拿出作品接受亨利批評時，亨利口稱欣賞，手下卻如快刀斬麻大片刪改。然而此時的阿娜伊絲已不再是昔日被丈夫寵在家中空有文華卻只能顧影自憐的小妻子，立刻反唇相譏，批評亨利只會從男性觀點下筆的窄視膚淺。亨利在阿娜伊絲眼中逐漸隨著後者創作獨立欲望的抬頭由一個被仰慕者變成較勁的對手。而兩人之間更藉交換彼此作品，在相互批評欣賞的挑戰中達到征服欲望——不僅是創作，也是肉體的高潮。

阿娜伊絲對亨利才華的認同，進而模仿、競爭，潛意識在追求創作欲望之滿足中，將自己視為男性。她的筆代表她征服的「工具」。亨利的靈感泉源：君兒，也就移情為阿娜伊絲欲望的對象，希望像亨利一樣，寫《征服》，一本以君兒為主角的書。君兒的出現可以說使阿娜伊絲和亨利之間的對比更加明朗化。

君兒的角色具有雙重意義：首先，她性感美貌，是「標準」欲望對象。她的肉體形貌提供了欲望追逐的目標。亨利透過對君兒的描寫（對色相的追求與控制）而達到創作欲望的滿足。因此，君兒實際上只是意義的假象。欲望本身才是作家眞正的目的。君兒本身是個演員，正如她手上玩弄的木偶，只是抽象的欲望落實為形體的假「相」，隨著不同的聲音演出，便有不同的「生命」。亨利書桌前牆上掛君兒的黑白相片，攝人心魂的雙眼直視欲望核心，「色相」誘人效果十分強烈：以假求眞，想像力常使假比眞更眞。

在亨利和阿娜伊絲看來，君兒「形象」的意義遠超出她眞人的價值。亨利對她的愛，阿娜伊絲對她的戀，將她視為欲望之神，「觀看」對象以刺激創作的成份居多，因此書（不論是亨利或是阿娜伊絲寫的）從男性觀點也好，女性觀念也好，雖以君兒眞人眞事為題材，都不在反映「眞實」。君兒不是創作的最終目的，而是方法、途徑。因此君兒角色的第二層意義：現實生活中的「人」——犧牲自我為丈夫創作生涯付出的妻子，便十分悲劇。她無法肯定自我，不了解創作生命中「外象」與「本質」的差異，而迷失在苦苦追求眞實的痛苦中，對亨利、甚至阿娜伊絲無法「眞實」地描繪她的生命而失望灰心。

亨利在故事情節之外的象徵意義十分耐人尋味。愛情、肉欲及創作欲望互為因果，纏綿糾結之中，過程變得如遊戲追求般假作眞時眞亦假，常出現魔術師變把戲的鏡頭便多少含此隱喻。然千變萬化，殊途同歸，終結全落在一個「欲」字。「欲」的對象不是受道德教條約束的社會人，而是大生命尺度的「人」。因此表面上刺激感官的性愛場面，實際在喚醒深沈內在的想像力與夢境——與人類生命本質更接近的情狀。導演卡夫曼頗受戲劇大師阿圖（Antonin Artaud）影響，主張肢體感官語言比口說文字語更能直接溝通情感，因為肢體的表達已遠超出語言之為思想傳達工具的束縛，而成為一種「需要」（la nécessité）——欲望的需要、生命本質的需要，而這種需要的生生不息，落實在藝術家的表達語言中便化成永無止境的創作動力。《亨》片中赤裸裸的男歡女愛即是創作欲望最強烈、也最原始的表達方式。從這角度來看，《亨利與君兒》的性愛情色其實頗有哲學野心。

國家圖書館出版品預行編目資料

追巴黎的女人／蔡淑玲 著 －－初版，－－臺北
市：印刻，2002〔民91〕
面；　公分，－－(Point：2)

ISBN 957-30142-2-X(平裝)

855　　　　90016375

INK publishing

作　　者	蔡淑玲
發 行 人	張書銘
出　　版	印刻出版有限公司
	台北市和平西路一段56號7樓之5
	電話： 02-23645331
	傳真： 02-23645445
	e-mail：ink.book@msa.hinet.net
主　　編	高慧瑩
法律顧問	現代法律事務所郭惠吉律師
總 經 銷	成陽出版股份有限公司
訂購電話	02-26688242
傳　　真	02-26688743
郵政劃撥	19000691 成陽出版股份有限公司
印　　刷	海王印刷事業股份有限公司
出版日期	2002年1月初版
	2002年2月初版二刷
定　　價	200元

ISBN 957-30142-2-X

讀者服務卡

姓名：＿＿＿＿＿＿

性別：□男　□女

出生日期：＿＿年＿＿月＿＿日　身份證字號：＿＿＿＿＿＿

學歷：□國中□高中□大專□研究所(含以上)

職業：□軍□公□教育□商□農

□服務業□自由業□學生□家管

□製造業□銷售業□資訊業□大眾傳播

□醫藥業□交通業□貿易業□其它

郵遞區號：＿＿＿＿＿＿

地址：＿＿＿縣(市)＿＿＿鄉＿＿＿鎮＿＿＿區＿＿＿村＿＿＿里

＿＿＿鄰＿＿＿路(街)＿＿＿段＿＿＿巷＿＿＿弄＿＿＿號＿＿＿樓

電話：(H)＿＿＿＿＿＿(O)＿＿＿＿＿＿

傳真：＿＿＿＿＿＿

E-mail：＿＿＿＿＿＿

書名：＿＿＿＿＿＿

購書地點：□書店□書展□書報攤□郵購□直銷□贈閱□其他

您從那裡得知本書：□書店□報紙廣告□報紙專欄□雜誌廣告

□親友介紹□DM廣告傳單□廣播□其他

您對本書的建議：

感謝您的惠顧！為了提供更好的服務，請將本卡沿切割虛線剪下，
填妥各欄資料折疊裝訂後免貼郵票直接寄回，或傳真 02-23645445，
我們將隨時提供最新的出版、活動等相關訊息，並可享受相關的特別優待。
讀者服務專線：(02)23645331
讀者傳真專線：(02)23645445

廣 告 回 信
台灣北區郵政管理局登記證
北臺字第10441號

（免貼郵資限國內使用）

236

台北縣土城市永豐路195巷9號

成陽出版有限公司 收

INK 印刻出版 讀者服務部

請沿虛線割下後直接傳真或對折裝訂寄回，謝謝！

INK PUBLISHING